希望

Some Hope *Edward St Aubyn*

[英] 爱德华 · 圣奥宾 著

吴洁静 译

上海译文出版社

献给　我的母亲和姐姐

第一章

帕特里克醒来，知道自己做了梦，但并不记得梦见了什么。他感到一阵熟悉的痛楚，似乎自己在梦中有所追寻，那东西刚消逝于意识的边缘，却依然可以从它的消逝推断出它曾经的存在，如同汽车疾驶而过，在身后卷起一阵夹带着碎纸片的旋风。

他的梦残留着模糊的碎片——隐约记得发生在湖边——和他昨晚与约翰尼·霍尔一起观看的戏剧《一报还一报》[1]混在一起。尽管导演选择巴士总站作为舞台背景，但仍然没有什么能够抵消一个晚上如此反复地听到“慈悲”一词所带来的震惊。

也许他的一切问题都源于使用了错误的语汇——想到这一点，一阵短暂的兴奋随之而来，他顺势把被褥掀到一边，考虑

1 莎士比亚戏剧，剧名出自《圣经》：“你们用什么量器量给人，也必用什么量器量给你们。一切皆有报应。”

要不要起床。在他生活的世界里，“慈悲”一词就好像一个漂亮女人在她争风吃醋、寸步不离的丈夫投下的阴影里，永远被“午餐”、“协会”或“舞会”之类的词语所限定。“恻隐之心”，人们无暇顾及；“宽大处理”，则经常以“抗议短期监禁”的形式出现。尽管如此，他知道自己遭遇的困难，相比之下，在更本质的层面上。

他为自己一辈子都必须同时身处两种状态而感到心力交瘁：在身体之内，又在身体之外；在床上，又在窗帘架子上；在静脉里，又在酒桶里；一只眼睛被眼罩盖住，另一只眼睛看着眼罩；尝试失去知觉、停止观察，同时又被迫观察意识的边缘，让黑暗变得可见；放弃一切努力，却又心神不宁，做不到无动于衷；沉迷于双关语，却又反感暧昧的毒害；有意将句子拦腰斩断，用限定词“但是”将其支撑，同时又渴望像壁虎一样伸展卷曲的舌头，以娴熟的技巧勾住远处的一只苍蝇；极度渴望逃离嘲讽带来的自我颠覆，说出自己的真实想法，但这些想法又只能通过嘲讽来传达。

确定无疑——帕特里克边想边把双脚伸出床外——他今晚又要同时身处两种状态：在布丽吉特的派对上，又不在布丽吉特的派对上。他没心情和那些姓博辛顿-雷恩的人共进晚餐。他要打电话给约翰尼，约他单独吃饭。他拨了一遍电话号码，但随即挂断了。他决定先泡些茶，稍后再拨。他刚放下听筒，电话铃就响了起来，是尼古拉斯·普拉特打电话来训斥他。他给帕特里克寄了一封来自奇特利的邀请函，却一直没有得到回复。

“你能被邀请参加今晚这场金碧辉煌的宴会全是我的功劳，但你不必谢我，”尼古拉斯·普拉特说，“我要看着你学会在人情世故中畅游，这是我欠你亲爱的老爸的。”

“我都快淹死了。”帕特里克说，“反正你在我五岁的时候，就已经着手为我将来受邀去奇特利做准备了。你把布丽吉特带来拉考斯特，是因为早在那个时候就已经能看出她命中注定将入主上层社会。”

“那时候你太无法无天，意识不到身边发生了那般重要的事情。”尼古拉斯说，“我记得有一次我上你家，在维多利亚路的房子里，你对着我的小腿狠狠地踢了一脚。我瘸着腿走过大厅，拼命忍着疼，为了不让你那位道德高尚的母亲伤心难过。对了，她现在过得怎样？最近大家都没怎么见到她。”

“惊不惊喜？她似乎开始发现还有比参加派对更好的事情可做。”

“我一直认为她有点特别。”尼古拉斯圆滑地说。

“据我所知，此刻她正运送一万支医用注射器前往波兰。

人们赞美她的慷慨，但我依然认为慈善应该从自己家里做起。她原本可以省掉这趟行程，只需要把注射器送到我的公寓里来。”帕特里克说。

“我认为你应该把这档子事情彻底抛在脑后。”尼古拉斯说。

“是抛在脑后，还是放在眼前。在这片灰色地带里，很难判断。”

“都三十岁了，还用这种方式说话，真是耸人听闻。”

“好吧，你看，”帕特里克叹了口气，“我已经戒掉了一切，却还没找到任何东西作为填补。”

“你可以带我女儿去奇特利，以此为开端。”

“恐怕难以从命，我自己也要搭别人的车。”帕特里克撒了谎，他其实是受不了阿曼达·普拉特。

“哦，好吧。那么你只能在博辛顿-雷恩家碰到她了，”尼古拉斯说，“而我俩在派对上见！”

若干原因让帕特里克不愿受邀去奇特利，其中之一是黛比也会在那里。他花了好几年的时间不断尝试摆脱她，但最终突如其来的一刀两断还是令他感到迷茫。而从她的角度来看，在他们漫长的情爱岁月里，她最享受的似乎是渐渐地不再爱他的过程。又怎么能责怪她呢？他为没说出口的歉意而感到痛苦。

在他父亲离世后的八年里，帕特里克的青春悄然逝去，却不见任何成熟的标记填补进来，除非多愁善感和为消除仇恨与疯狂而殚精竭虑可以被称为“成熟”。左右逢源、柳暗花明的感觉，已经被孑然一身在码头边凝视长长的失踪船只名单所取代。他通过数家诊所戒除了毒瘾，留下滥交和混迹派对两个好像失去指挥官的军队，心神不宁地坚守阵线。他的金钱——在恣意挥霍和医疗账单的逐渐侵蚀之下——虽然令他免于穷困潦倒，但也未能帮他换得摆脱无聊的方法。就在最近，他惊觉自己不得不找份工作，便开始学习成为辩护律师，期望能够在帮助尽可能多的罪犯逍遥法外的过程中找到一点乐趣。

他学习法律的决心甚至促使他去录影带店里借来一盘《十二怒汉》[1]。他连续好几天在家里踱来踱去，一会儿用尖刻的辩词驳倒假想中的证人，一会儿突然倚靠在家具上，用越来越自命不凡的口吻说：“我提醒您注意，当晚……”说着，他又转身一跳，变成了被他盘问的受害者，在一阵矫揉造作的呜咽中瘫倒。他还买了一些书籍，比如《法的概念》、《论侵权行为》、《查尔斯沃斯论过失》。如今，这堆法律书籍正与他多年来最爱的《偶像的黄昏》和《西西弗神话》竞相吸引他的注

1 Twelve Angry Men，由米高梅公司制作的一部黑白电影，1957年在美国上映。故事讲述了一个在贫民窟中长大的男孩被指控谋杀生父，陪审团十二个人为案情展开了激烈的辩论，体现了不同人生观的冲突和思维方式的较量。

意力。

在过去的几年里，随着毒瘾的逐渐消减，他开始明白终日保持清醒必将带来怎样的感觉：一段连续不断的意识，一条白色的隧道，空荡而又昏暗，好像一截被吸干精髓的骨头。“我想死，我想死，我想死。”他意识到自己在做简单事情的过程中如此喃喃自语，但在水壶烧开或者吐司弹出时，这种念头又会被席卷而来的懊悔彻底冲散。

与此同时，他的过往就像一具等待防腐处理的尸体，躺在他面前。他每晚都被残忍的噩梦惊醒；他害怕得睡不着觉，只好爬出汗淋淋的被子，去抽烟，直到曙光爬上天空。天空苍白而又灰暗，好像毒蘑菇的菌褶。在他位于艾尼斯摩花园的公寓里，暴力录影带扔得到处都是，那是他脑海里不停播放的暴力卷轴胶片的朦胧投射。他时常身处幻觉的边缘，感觉自己走在轻柔波动的地面上，好像正在吞咽的喉咙。

最可怕的是，他越来越顽强地抗拒毒品的诱惑，但又慢慢发现这其实掩饰了他真正想抗拒的一件事情：变成和他父亲一样的人。每个人都会变成自己厌恶的人——与这个几近铁定的事实相比，每个人都将毁掉自己心爱之物的断言，在他看来只能算是瞎猜。确实有些人从不厌恶任何事物，但帕特里克跟他们毫不沾边，无法想象他们的命运。对父亲的记忆依然令他心神恍惚，他跟梦游似的，不由自主地被拖向效仿的边缘。讽刺、势利、残忍以及背叛，似乎都不如让它们得以存在的恐惧那般恶心。除了变成一台将恐惧转化为蔑视的机器，他还能做什么？他的神经射线好像扫射监狱院子的探照灯，所有想法无一能够逃脱，所有评论无一不被遏制，他又怎能放松戒备？

对性爱的追求，对一个又一个身体的迷恋，性高潮带来的短暂的快感，比毒品更令人虚弱和疲软，但又像注射毒品，需要不断重复，因为它起着必不可少的治标作用——所有这一切足以令人沉溺，但也带来了无可企及的并发症：背信弃义，怀孕、传染病和关系败露的危险，偷情的快感，在某种反之则非常乏味的境地中产生的紧张感；性爱与愈发自信的社交圈的扩张渗透相结合，通过这种方式，也许，他能找到一片栖息之地，和一种活生生的东西，与致幻剂章鱼般的怀抱能够给予他的亲密和安慰如出一辙。

帕特里克伸手去拿香烟时，电话铃响了。

“嘿，你怎么样？”约翰尼问。

“我被困在又一个喋喋不休的白日梦里了。”帕特里克说，“我不知道我为什么会认为，聪明的表现之一是能跟自己大吵一架。不过，只要能抓住点什么，带来一些改变，都是好的。”

“《一报还一报》是一部喋喋不休的戏。”约翰尼说。

“我知道，”帕特里克说，“人们只能基于‘不去指手画脚才不会被指手画脚’的想法而原谅他人——我最终从理论上接受了这个观点，但在情感上没有任何说服力，至少在那部戏里没有。”

“的确如此。”约翰尼说，“如果自己行为不端是一个用来原谅他人不端行为的足够好的理由，那么我们的宽宏大量多得都要溢出来了。”

“那么，到底什么才是足够好的理由呢？”帕特里克问。

“我怎么知道？我越来越相信，事情就这样发生了，或者就这样没发生，你能施加的影响微乎其微。”约翰尼刚刚想出这个观点，连他自己都还没有完全信服。

“成熟就是一切。[1]”帕特里克咕哝着。

“没错，确实如此，但那完全是另一部戏。”约翰尼说。

“你要在起床前决定今天进入哪一部戏，这很重要。”帕特里克说。

“我认为没人听说过我们今晚要进入的那部戏。博辛顿-雷恩家都是些什么人？”

1　出自莎士比亚剧作《李尔王》。

“他们也请你去吃晚餐了？”帕特里克问，“看来我们非得让汽车在高速公路上抛锚不可了，你觉得呢？我们在旅馆里吃饭吧。不嗑药就去面对陌生人，这实在太难了。”

帕特里克和约翰尼如今虽然以烧烤和矿泉水为食，但对自己以往的生存状态仍怀有深深的思念之情。

“但每次只要在派对上嗑药，马桶里面就成了我们唯一能看到的东西了。”约翰尼指出。

“我知道，”帕特里克说，“现在我一进厕所，就会问自己：‘你来这里干吗？你已经不再嗑药啦！’每次只有在愤然离开后，我才会意识到自己其实是来小便的。顺便问一句，我们要一起开车去奇特利吗？”

“可以，但我要在三点参加一个匿名戒麻醉品互助会。”

“我不知道你是怎么应付那些互助会的，”帕特里克说，“那里是不是挤满了像死人一样苍白的家伙？”

“那当然，但其实所有拥挤的房间里都这样。”约翰尼说。

“但今晚的派对至少不会要求我信仰上帝。”

“我敢肯定，即使要求你这么做，你也会找到办法逃脱。”约翰尼笑了起来，“被关进捕虾笼，不得不举止得体，还要为此大唱赞歌，这能激发潜力。”

“难道你不讨厌惺惺作态？”

“好在他们有一个专门的口号：假装你可以，直到你真的可以！”

帕特里克发出作呕的声音：“我不认为让老水手[1]穿成婚宴宾客的模样就能解决问题，你说呢？”

“不是那样，实际上更像一屋子老水手决定自己搞一场派对。”

“天啊！”帕特里克说，“比我想的更糟。”

“你就是那个想穿成婚礼宾客模样的人。”约翰尼说，“你告诉过我，你最后一次用脑袋撞墙、祈求摆脱毒瘾带给你的折磨时，始终无法将那个描写亨利·詹姆斯的句子赶出你的脑海：‘他是一个交际成瘾的人，他承认自己在1878年冬天接受了一百五十次邀请。’差不多是这样一个句子？”

“嗯。”帕特里克说。

“不管怎么说，你不觉得戒毒很难吗？”约翰尼问。

“当然很难，一场该死的噩梦。”帕特里克说。他倡导顺应自然，反抗治疗，所以他就不会错失任何机会来夸大他所承

1　出自英国诗人塞缪尔·泰勒·柯勒律治于1798年发表的叙事长诗《老水手之歌》（又译《古舟子咏》）。诗中一个老水手拉住一位赴婚宴的宾客，要将自己在海上遭受厄运的故事讲给他听。

受的压力。

“可能我会在灰色地带醒来，”他轻声说道，“已经忘记如何呼吸，我的双脚离我如此遥远，不确定自己是否买得起机票；可能这是循环往复的缓慢的斩首，膝盖骨被来来往往的路人窃取，几只狗在争抢我很想拿回来的肾。如果他们拍一部关于我内心生活的电影，会远远超出公众所能承受的范围。母亲们会尖叫：‘把《得州电锯杀人狂》还给我们，让我们能有一些体面的家庭娱乐。’所有这些欢乐都伴以恐惧。我害怕在我身上发生过的一切都会被我遗忘，我害怕我见过的一切都会消失殆尽，就像仿生人在《银翼杀手》片尾所说的：‘好像眼泪融入雨水。’”

“是的，是的，”约翰尼说，他经常听见帕特里克排练这个片段，“那你为什么不就这么一直吸下去呢？”

“出于某种傲慢和恐惧的结合。”帕特里克说完，立即转换了话题，问约翰尼互助会几点结束。他们约定五点从帕特里克的公寓出发。

帕特里克又点燃了一支烟，与约翰尼的谈话令他紧张。他为什么会说“出于某种傲慢和恐惧的结合”？他是否依然认为，承认自己怀有哪怕丝毫的热情都有失颜面，即便在他最好的朋友面前？为什么他用发表演讲的旧习惯压制他的新感觉？

也许在别人看来并不明显，但他的确渴望摆脱对自己的反复琢磨，不再将记忆翻个底朝天，阻止思绪在反省和怀旧中任自漂流。他想冲入更狂野的世界，去学习，去改变。归根结底，他希望自己别再是个孩子，但靠的并不是为人父母的廉价伪装。

“也不是说没可能发生那种事情。”帕特里克喃喃自语，他终于从床上爬起来，套上一条裤子。曾经有段日子，他迷恋一种女孩，当你进入她们的体内时，她们会轻声说：“小心点，我没有避孕。”那种日子已经一去不复返。他记得她们中有一个曾经兴致勃勃地谈起那些做人工流产的诊所。“你去看看就知道了，那是一个非常奢华的地方。有舒适的床和精致的食物，你可以对那里的姑娘倾吐你所有的秘密，因为你知道今后再也不会见到她们。就连手术也相当令人兴奋。只有在事后，你才会真正感到沮丧。”

帕特里克在烟灰缸里按灭了烟，走过厨房。

他为什么非要抨击约翰尼的互助会？那只是他们进行忏悔的地方。他为什么非要对一切都如此刻薄？另一方面，如果你不打算吐露那件至关重要的事情，那么去某个地方忏悔又有什么意义呢？有些事情他从未告诉任何人，也永远不会告诉任何人。

第二章

尼古拉斯·普拉特依然穿着睡衣，在他位于克拉朋缪兹的房子里，蹒跚着走回卧室。他捏了捏刚从门垫上取来的几封信，审视着信封上的笔迹，以辨别其中可能包含多少封“严肃”的邀请。他今年六十七岁，身材“保持得很好”，和他要写的回忆录一样“原封不动”。他已经见过“各式各样的人”，储备了“大量精彩的故事”，但因为“矜持”将它气派的手指按在他微微欲启的嘴唇上，所以他一直没有动笔写那本人人都以为他正在写的书。在他所谓的“大千世界”里——其实也就是一个由两三千个知道他名字的富人聚集的地方——据说有一些焦虑不安的男男女女“完全不敢想象”自己会以怎样的面貌出现在“尼古拉斯的书里”，这很正常。

他倒在如今独自睡觉的床上，刚想证实自己的判断——是否的确只有三封信值得拆开——却被一阵电话铃声打断了。

“喂？”他懒洋洋地应答。

“尼、高、拉？”电话那头传来一个女人轻快爽朗的声音，她把他的名字当成法语来念，“我是杰奎琳·德·阿朗杜。”

“多么荣幸能接到您的电话！”尼古拉斯用他带着糟糕口音的法语谄媚地说。

“你最近好吗，亲爱的？我打电话来是因为杰克和我要去枝莱，去参加索尼的生日派对，而我想你可能也会去那里。”

“我当然会去。”尼古拉斯严肃地说，“实际上，仅仅作为布丽吉特凯旋社交场的守护者，我就应该去了。毕竟介绍风华茂的沃森-斯科特小姐进入上流社会的人是我，一如当年，她从未忘记尼古拉斯叔叔给予她的恩情。”

“我有点记不清了，”杰奎琳说，“她好像是你的一位前妻？”

“别无聊了。”尼古拉斯假装生气地说，“我已经有过六次失败的婚姻，没必要再给我多编造一次。”

“好了，尼、高、拉，说正经的，我打电话给你，是想问你愿不愿意坐我们的车一起去。我们有大使馆的司机。这样路上会更有意思，不是吗？一起下乡，还是应该说上乡？英语里‘上’啊‘下’啊的，实在太多了。”

尼古拉斯很清楚，这位法国大使夫人并非别无所求，她让他搭车，是为了在抵达奇特利时，身边能有个布丽吉特最亲密的朋友。而对于尼古拉斯来说，和阿朗杜夫妇一起赴宴，也能够为他和布丽吉特的亲密关系注入新鲜的魅力。他们将为彼此增添荣耀。

“不论上，还是下，”尼古拉斯说，“我都非常乐意和你们一同前往。”

索尼·格拉夫森德坐在奇特利庄园的藏书室里，在无线电话上拨着一串他很熟悉的数字，那是彼得·波洛克的电话号码。财产和个人之间神秘的等同关系长期以来支撑着索尼迟钝的个性，令他在奇特利受到了比其他任何地方都更加热烈的景仰。乔治·沃特福德的大儿子彼得是索尼最好的朋友，也是索尼在需要种植或性爱方面的成熟意见时唯一真正信任的人。索尼仰面坐在椅子上，等待彼得吃力地穿过里奇菲尔德庄园的数个大房间，赶到最近的一个电话机旁。他看着壁炉，上方挂着一幅罗宾·帕克用了很长时间才最终鉴定为真迹的普桑[1]的画作。当年伯爵四世就是把它当作普桑的真迹买下的，现在索尼依然不认为有什么不妥，但“专家意见”还是得搞一份的。

---

1 尼古拉斯·普桑（Nicolas Poussin，1594—1665），法国巴洛克时期重要画家、法国古典主义绘画的奠基人。

“索尼？”彼得大喊一声。

“彼得！”索尼回喊道，“抱歉又打扰你了。”

“正相反，老兄，你救了我。我刚才正带着一群伦敦同性恋自行车手在我家里到处参观，他们是房子的老主人派来瞪天花板的。”

“一如往常，像个奴隶似的不停地干活。”索尼说，“今天早晨，我看到报纸上的那些垃圾文章里写着‘一万亩地的排场……五百位宾客……玛格丽特公主……年度盛会’，真让人心烦意乱。听上去好像我们是用钱**堆出来**的，但实际情况是——没有人比你更了解，包括你的那些伦敦同性恋自行车手——我们一直都在不停地干苦力，为了把风雨挡在门外。”

“那次我上电视，所有人都看到了。你知道后来有一天我的一个长租客对我说什么吗？”彼得学那人标准的乡巴佬口音说，“‘我在电视上看到您了，我尊敬的房东先生，您依然在哭穷，跟平常一样。’真他妈厚脸皮！”

“老实说，还挺有趣的。”

“好吧，他是个很棒的小伙子，”彼得说，“他们家在我们这儿已经做了三百年的房客。”

“我们也有一些那样的房客。有一家和我们一起住了二十代人。”

“想想我们让他们住下去的条件，表明我们的进取心已经缺失到了惊人的地步。”彼得调侃地说。

两人都大笑起来，一致认为那是在电视上众目睽睽之下最不应该讲的一类话。

“我打电话来其实是想谈谈关于辛迪的事情。”索尼说着，语气变得严肃了些，“布丽吉特当然不会邀请她来参加派对，因为我们和她没有交往。不过，今天早晨我跟戴维·温德福说了，反正他太太病了，他同意带着辛迪一起来。我希望他能够低调些。”

“戴维·温德福？你在开玩笑吧！”彼得说。

“好吧，我知道你的意思。我骗他说我很久没见辛迪了，很想见她，但这不是真的。我每次说去历史建筑协会和乡村英格兰保护组织参加会议，其实都是去和辛迪在床上长时间地纵情狂欢。”

“我很高兴你没告诉他这一点。”彼得狡猾地说。

“我要谈件事情——显然我不说你也知道要帮我保密——那件事情就是，辛迪怀孕了。”

“你能确定是你的？”

“应该没什么可怀疑的。”索尼说。

“我猜她正在勒索你。”彼得郑重地说。

"不不不，完全没有。"索尼矢口否认，"事情是这样的，我和布丽吉特已经有段时间没有'夫妻之实'了。无论如何，考虑到她的年纪，我不确定尝试再生个孩子是不是个好主意。但你也知道，我很想要个儿子，我想如果辛迪怀的是个男孩……"索尼的声音慢慢变轻，他不确定彼得会有怎样的反应。

"天啊，"彼得说，"但如果你要让这个孩子成为你的继承人，你就得娶她。这是作为贵族所要接受的一项惩罚。"他用一种崇高的禁欲主义的口吻补充说道。

"嗯，我知道，在这种时候抛弃布丽吉特，会显得无情无义得令人发指，"索尼承认说，"而且肯定会被误认为出于对性爱的沉溺。但我明确地感到自己对奇特利家族肩负着某种使命。"

"但想想代价，"彼得说，他严重怀疑他们能否及时离婚，"除此之外，辛迪是嫁入奇特利的合适人选吗？"

"她会成为一股新鲜空气，"索尼轻松地说，"而且，你也知道，所有财产都已经被托管。"

"我认为，"彼得用一种字斟句酌的权威口吻说，就好像他作为医生正在建议病人接受手术，"我们最好下周在巴克饭店一起吃个午餐。"

“好主意，”索尼说，“我们晚上见面再聊！”

“非常期待，”彼得说，“哦，顺便说一句，生日快乐！”

凯蒂·哈罗在她家的乡下房子里。她躺在床上，身体下面垫着好几个枕头。几只查理士王小猎犬躲在呈波浪状的床罩凹陷里，她身边扔着一个用得很旧的早餐托盘，好像一位疲惫不堪的情人。在旁边桌子的雕花桌面上，几瓶药性相冲的药物在粉红色的绸缎灯罩下挤作一堆。她的手搭在电话上，每天从上午十一点到吃午餐前，她都会不停地打电话。有时候，正如此刻，她会一直打到发型师十二点半到她家，将她的灰色头发再次筑成悬崖峭壁——曾经有很多暴发户不顾一切冲撞上去，结果却徒劳无功。她把一本大大的红色皮革封面通讯录摊在腿上，从里面找到罗宾·帕克的名字，拨下他的电话号码，然后不耐烦地等待着。

“喂？”一个怒气冲冲的声音说。

“罗宾，亲爱的，”凯蒂柔声说，“你怎么还没来？布丽吉特把一些极其讨厌的人扔给了我；而你，我唯一的盟友，却还在伦敦。”

“我昨晚参加了一个推不掉的酒会。”罗宾傻笑着说。

“周五晚上在伦敦搞派对！”凯蒂抗议道，“这是我听说过的最反社会的事情了。我发自内心地认为那些人完全不替别人着想，几乎是残忍。我最近都不会去伦敦了，”她用一种煞有其事的哀婉的口吻补充说道，“所以我极其渴望能有个愉快的周末。”

“好吧，那我来救你，”罗宾说，“看来我得在五分钟内动身去帕丁顿车站。”

“感谢上帝，”她继续说，“你要来这里保护我了。昨晚我接到一个猥琐的电话。”

“不会吧，又来了……”罗宾叹了口气。

“那人提了一个极其恶心的建议。”凯蒂吐露道，“在挂断电话之前，我对他说：‘年轻人，在我允许你做那些事情里的任何一件之前，我得先看看你的脸！’他似乎认为我在挑逗他，没过一分钟又打来了电话。我一直坚持夜里亲自接电话，否则对仆人们不公平。”

“对你也不公平。”罗宾提醒她。

“我已经被搅得心神不宁，”凯蒂忿忿不平地抱怨道，“都怪你告诉我那些事情，什么过分保守的教皇把古典雕像上的鸡巴折下来藏在梵蒂冈地窖里。我不确定那算不算骚扰电话。”

“那是艺术史。”罗宾咯咯笑道。

“你知道我对人类的各大家族有多么着迷，”凯蒂说，“现在好了，一旦我想起他们，和他们统统潜伏在表面之下的黑暗秘密，就忍不住在脑海里描绘那些藏在梵蒂冈地窖里的棍状物的模样。你毁了我的想象，”她声明说，“你知道你在别人身上施加了多么可怕的影响吗？”

“我今晚讲的话将会百分百纯洁。”说完，罗宾又威胁道，“不过我现在真的要去车站了。”

“再见，”凯蒂轻声细语地说，但她想要交谈的欲望太过专横，又别有用心地加了一句，“你知道乔治·沃特福德昨晚告诉我什么吗？——他至少是一张熟悉的面孔。他说他的通讯录里四分之三的人都已经死了。我叫他别那么病态。不过话说回来，这种事情在他那个年纪比较自然：他快要八十了。”

“亲爱的，我要赶不上火车了。”罗宾说。

“我过去会晕车，总感到很痛苦，”凯蒂体贴地说，“直到我的那位了不起的医生给了我一种神奇药丸，现在我能飘着坐上车。”

“好吧，而我要冲刺着坐上车了。”罗宾尖叫着抗议。

“再见，亲爱的，”凯蒂说，“我不会再多耽误你一刻了。快去，快去，快去。”

劳拉·布洛利感觉自己的生存遭到了孤独的威胁。她与帕特里克·梅尔罗斯维持过一周的私情，在此期间，她告诉他：她的内心已经变成了“真正的空洞”。每次只要独处上五分钟，或者挂掉电话之后，除非身边有一面镜子和一大堆化妆品，否则她就会面临超出她承受范围的真正的空洞。

她花了好几年的时间，才克服帕特里克的背叛所带来的伤害。这并不是因为她特别爱他——她从没想过在利用对方的同时喜欢上对方，而利用完后才开始爱上对方，这显然又很荒唐——但对于找个新情人，她也不胜其烦。她的已婚身份令一些人望而却步，直到她明确表示，在她看来这根本不会构成任何障碍。劳拉嫁给了安格斯·布洛利。根据古老的苏格兰习俗，他被赋予自称为“布洛利男爵”的权利。依照同一规则，劳拉也可以自称为“布洛利夫人”，但她很少行使这项权利。

在整整两周没有情人之后，她最终成功地引诱了约翰尼·霍尔——帕特里克最好的朋友。约翰尼比不上帕特里克，因为他白天要工作。但作为记者，他能够经常“在家写报道”，每到那种时候，他们会在床上度过一整天。

通过巧妙的盘问，她确信约翰尼还不知道她曾经和帕特里克有染，她让约翰尼发誓对他俩之间的私情保守秘密。她不知道帕特里克的沉默对她而言算不算一种侮辱，但她打算挑一个最能造成困扰的时机，把她和约翰尼的事情告诉他。她知道帕特里克依然认为她性感迷人，即使他对她的人品持有保留意见。

电话铃响起，劳拉抬起头，爬到床的另一边。

“别接。”约翰尼哀求道，但他知道自己没权利提这种要求，因为他也曾经为了找帕特里克谈话而提前离开。他点燃了一支烟。

劳拉转过头，朝他吐吐舌头，一边把头发勾到耳后，一边接起电话。“喂？”她说，突然变得严肃起来。

“嗨。”

“柴娜！天啊，你的派对实在太棒了！”劳拉喘着气，用拇指和食指捏住鼻子，眼珠子翻向天花板。她已经和约翰尼分析过那个派对有多么失败。

“你真的认为派对很成功吗？”柴娜心存怀疑地问。

“当然啦，亲爱的，大家都爱它。”劳拉一边说，一边朝约翰尼咧嘴笑着。

“但是大家都被困在楼下的房间里了，”柴娜抱怨说，“我真讨厌这样。”

“人们总是讨厌自己举办的派对。”劳拉充满同情地说着，背靠后躺了下来，忍住了一个哈欠。

“但你们确实喜欢它？”柴娜恳求说，“你发誓。”

“我发誓。”劳拉边说边在她的手指、双腿，最后是眼睛上划着十字。突然，为了忍住笑，她开始抽搐。她把双腿抬在半空中，在床上轻轻摇摆起来。

约翰尼在一旁看着，被她的孩子气逗乐了。他有点厌恶这场自己也被拉入共谋的嘲弄，但同时又被她扭动的裸体所吸引。他往后一躺，靠在枕头堆上，搜寻细节以解释这种矛盾，但最后只是确认了他这种沉溺的神秘性：她髋骨内侧斜面上的一颗小小的黑痣、前臂上浓密得惊人的金色毛发，以及她苍白的双脚上高高隆起的足弓。

“安格斯和你在一起吗？”柴娜叹了一口气问。

“没有，他直接从苏格兰赶往派对。我会去切尔滕纳姆接他上车。真是太无聊了，我不明白他为什么就不能叫辆出租车。”

“省钱，省钱，省钱。”柴娜说。

“他表面上看起来很有钱，”劳拉说，“但实际上他会纠结于一张当日往返票如果没有乘坐返程能否申请退款之类的一些令人神魂颠倒的问题。这会激发人们对拥有一个挥霍无度的情人的渴望。”她的一个膝盖猛地落在床的一侧。

约翰尼深深地吸了一口烟，冲着她微笑。

柴娜犹豫了片刻，想到劳拉称赞她的派对可能不完全出自真心，像突然受了刺激似的说："你知道吗？周围有传言，说你和帕特里克·梅尔罗斯有一腿。"

"帕特里克·梅尔罗斯，"劳拉说，就像在重复一种致命病毒的名称，"你肯定是在开玩笑。"劳拉对着约翰尼抬起眉毛，把一只手盖在电话收声处，低声说："有人说我和帕特里克有一腿。"

他挑起一边眉毛，掐灭了烟。

"到底是谁跟你说的？"劳拉问柴娜。

"是亚历山大·波利特斯基，我不该告诉你的。"

"他是谁？我甚至都不认识。"

"好吧，但他自以为了解你。"

"多可怜啊，"劳拉说，"他就是想通过假装了解你所有的朋友来接近你。"约翰尼在劳拉面前跪下，抓住她的双脚，轻轻地把它们分开。

"他说他是从阿里·蒙塔古那里听来的。"柴娜坚持说。

劳拉深深地吸了一口气。"好吧，那恰好能证明这是个谎言，"她叹了口气说，"不管怎么说，我甚至不认为帕特里克·梅尔罗斯有任何迷人之处。"她补充说道，同时把指甲嵌入约翰尼的手臂。

"哦，好吧，你和他有没有一腿，你比我清楚，"柴娜总结说，“我很高兴你和他没什么，因为我个人认为，他真的很狡猾……”

劳拉把听筒举在半空中，为了让约翰尼也能听见。“而且，”柴娜继续说，“我受不了他那样对待黛比。”

劳拉把听筒放回耳边。“那样很恶心，不是吗？”她边说边朝约翰尼咧嘴笑，约翰尼凑过来咬她的脖子。“顺便问一句，你和谁一起去参加派对？”她明知柴娜会独自前往却还这么问。

“我不会和任何人一起去。不过，有个名叫摩根·巴兰坦的人，”柴娜换上一种不太地道的美国口音念出他的名字，“他也会去参加派对。我对他很感兴趣，他应该刚继承了两亿四千万美元和一套精美绝伦的枪支藏品，”她漫不经心地补充说道，“但那不是重点，我想说的是，他真的很迷人。”

“或许他确实拥有两亿四千万美元，但他打算花掉吗？”劳拉问。她曾经的苦涩经历，让她明白那些数字可以多么地具有迷惑性。“那才是根本问题。”她说着，用一只手肘把身体撑起来，毫不费力地忽略掉几分钟前还令她感到飘飘欲仙的爱抚。约翰尼停下来凑近她，部分是出于好奇，但更多的是为了掩饰自己在性事上的努力没能与提到这么一大笔钱相匹敌。

“几天前他确实说过一些用心险恶的话。”柴娜承认道。

“他说了什么？”劳拉兴致勃勃地问。

“他说：‘我太有钱了，所以不能借钱给别人。’当时他的一个朋友破产了，也可能是遇到了别的什么类似的事情。”

“别碰他，”劳拉用一种特别严肃的语气说，“他跟安格斯是一丘之貉。你以为你今后接触到的都会是私人飞机之类的高档玩意儿，但实际上你很快就会看到他问餐厅要狗食袋，还会暗示你应该下厨烧菜。根本就是个噩梦！”

“我想起来了，”柴娜说，为自己透露了太多而感到懊恼，“昨晚，我们在你离开后玩了一个很有趣的游戏。每个人都要想一些别人最不可能说的话，有人给安格斯想了一句：‘你确定不吃大龙虾？’”

“好笑极了。”劳拉干巴巴地说。

“顺便问一声，你今晚去哪儿？”柴娜问。

“和一家子姓博辛顿-雷恩的人待在一起。”

“我也是！”柴娜惊呼道，“我可以搭车吗？”

“当然可以。十二点半来我这里，我们一起出去吃午餐。”

“太好了，”柴娜说，“待会儿见。”

“再见，亲爱的。”劳拉唱小调般地说。“蠢婆娘。”说着，她挂掉了电话。

永远有男人围绕着辛迪献殷勤。他们就好像拿着毛线球的小人国臣民，试图把她绑倒在地上，如此一来她就无法毁掉他们卑微的生活。然而，时至今日，辛迪开始考虑主动把自己绑在地上。

“喂？”她的嗓子里发出轻柔的声音，带着加利福尼亚口音，“请问，能让戴维·温德福接电话吗？”

“我就是。”戴维说。

“您好，我是辛迪·史密斯。我猜索尼已经跟您说过今晚的安排了。”

“他是说了。”戴维说着，脸上泛起一阵比平常更深的树莓色红晕。

“但愿您已经收到了索尼和布丽吉特寄给您的邀请函，因为我确定我没有收到。”辛迪坦率地说，那种坦率能让人彻底卸下防备。

“给我的邀请函已经寄到银行里来了，”戴维说，“您的可能是不小心漏了，工作再细致也难免出错。”

“我明白，”辛迪说，“那是个值钱的东西。”

“您应该已经知道，要去的话，您得假扮成我太太。”戴维说。

“那要假扮到什么程度？”

戴维身体颤抖，不断冒汗，满脸绯红，以他出了名的假装只理解字面意思的做法来掩饰尴尬。“只要等到我们过了安检。”他说。

“需要我做什么，您尽管吩咐。”辛迪顺从地回答，“您是老板。”

“我们在哪里碰面？”戴维问。

“我在小索丁顿家庭酒店订了一个套房，应该是在格洛斯特郡吧？”

“我也觉得应该在那儿，除非它搬走了。”戴维傲慢地说，但他原本没想傲慢到这种程度。

辛迪咯咯笑了起来。“索尼没告诉我您那么风趣。”她说，“我们可以在我住的酒店里一起吃晚餐，如果您愿意的话。”

“好极了，”戴维说着，开始盘算如何从布丽吉特安排他出席的晚宴中逃脱，“八点怎么样？”

汤姆·查尔斯叫了一辆车送他去乡下。这很奢侈，但他年纪大了，已经不能在旅行箱和火车之间胡乱辗转了。他一如既往地住在克拉里奇酒店，在这家酒店里所能做的最美妙的事情之一，就是一边看着炉子里燃烧木柴的火苗慢慢地由亮变暗，一边吃完一顿包括红茶和葡萄柚汁在内的朴素的早餐。

他正在去和哈罗德·格林碰面的路上，那是他以前在国际货币基金组织工作时结识的旧友。哈罗德让他带上一件无尾晚礼服，因为他们要去参加一个邻居的生日派对。汤姆已经打探过那位邻居的底细，但他只记得那是一位具有丰富“背景”的英国人，至于“前景”具体是干什么的，他已经记不清了。如果这类有背景的人没能给你留下过分深刻的印象，他们会说你“对生活没有热情、萎靡沮丧”，但实际上，没有什么能比预想自己将把一生都浪费在八卦、酒瓶子和奸情里更让人感到萎靡沮丧的了。

哈罗德完全不是这样；他是一个极具影响力和执行力的人。总统对他心存感激，议员对他亲切友好，他们都把他列入寄送圣诞贺卡的对象名单——汤姆也享受着同样的待遇——只是他和住在这个多雨的小岛上的其他所有人一样，也过分迷恋这类“有背景的人”。

汤姆拿起电话，拨给安·艾森。安是他的一位旧友，他希望能和她一起坐车去哈罗德家，他想问她什么时候派车去接她。她的电话占线，汤姆利落地挂上电话，继续读那叠他在订早餐时一起要求送来的英国和美国的报纸。

第三章

托尼·福尔斯被布丽吉特誉为色彩和布料领域的“天造之才”。他声称自己“最近迷恋上了灰色调”，布丽吉特便同意把用来举办派对的篷房内部装饰成灰色。她起初对这个大胆的想法还心存疑虑，但在听到托尼说法国大使太太杰奎琳·德·阿朗杜“太过正统，永远无法真正地**合乎时宜**”之后，她的疑虑瞬间烟消云散。

布丽吉特想知道，一个人在还算合乎时宜的前提下，到底能有多么不正统。正是在这个灰色地带里，托尼成为了她的导师，不断助长她对他的依赖，直到有一天，没有他的协助，她几乎连点支烟都做不到。她想安排他在晚宴上坐在自己身边，为此还和索尼吵了一架。

“那个可怕的小男人根本不应该来，”索尼说，“更别提坐在你身边了。不用我提醒你吧，我们将和玛格丽特公主共进晚餐，在场的每一位男士都更有资格要求坐在你身边，比起那个……”索尼气急败坏地说，“那个花哨男。”

到底什么是花哨男？不管是什么，这样讲都太不公平，因为托尼是她的精神导师，是她的开心果。有些人知道他有多么风趣——只要听他讲讲他在一次闹饥荒期间抓着几匹布飞奔过利马[1]的数条街道的故事，人们就会笑得喘不过气来——但未必能同样意识到他有多么聪明。

不过，此刻托尼在哪里呢？他应该十一点来跟她会面。他身上有各种各样的品质可供崇拜，但肯定不包括“守时”在内。布丽吉特环顾四周，看着那些被糟蹋掉的、用作篷房内衬的灰色天鹅绒；只要托尼不在身边，她的自信就会摇摇欲坠。篷房的一头被一座庞大而又丑陋的白色舞台所占据。一个从美国飞来的四十人乐团稍后将登台演奏索尼喜欢的“传统新奥尔良爵士乐”。工业取暖炉在各个角落里呼呼作响，但气氛依然冻得令人发麻。

“显然，我更愿意自己出生在六月，而不是该死的阴冷的二月。”索尼总爱这么说，“但人们无法选择自己的生日。”

没能规划自己的出生给索尼带来的错愕，令他对安排其他所有事情抱有热切的渴望。布丽吉特想要把他拦在篷房外，因

1　秘鲁首都。

为这应该是给他的“惊喜”，但这个词在他看来几乎等同于“恐怖主义暴行”，所以她还是没能拦住他。不过，另一方面，她成功地守住了天价天鹅绒的秘密。给她报价的是一位说话尖声尖气的上流社会的时髦姑娘，笑声好像人们在临终时的咕噜。她说费用一共是“四千块，妖怪另计”。布丽吉特一开始以为“妖怪”是一个装饰艺术上的术语，直到托尼对她解释说那是指“增值税”。

他还说，橙色的百合花在灰色布景的映衬下会显得鲜艳夺目。但看着一群手脚忙个不停的穿着蓝色格子工作服的女士们正在摆弄的橙色百合花，布丽吉特不禁认为它们更像在一大堆灰烬中渐渐熄灭的余焰。

正当这个邪恶的想法在她心里浮现时，托尼偷偷溜进了篷房。他穿着一件松松垮垮、半灰半紫的毛衣，一条熨烫得有板有眼的牛仔裤，白色袜子配棕色莫卡辛鞋，鞋底板厚得惊人。他脖子上围着一条白色丝巾，因为他感到，或者说他认为自己感到，喉咙有点痒。“托尼！你总算来了！”布丽吉特旁若无人地叫道。

“抱歉，”托尼说话声音沙哑，一只手放在胸口，可怜地皱着眉头，“我好像生病了。”

“哦，亲爱的，”布丽吉特说，“希望你今晚不会太难受。”

“就算不得不把我放在生命维持机上推进来，”他回答说，“我也不会错过晚宴。我知道一位艺术家应该置身于他的作品之外，修他的指甲。”他说着，用一种刻意的漫不经心，低头看了看自己的指甲，“不过，除非这里到处都已经挂上鲜艳的织物，否则我不会认为我的作品已经完成。”

他停顿了一下，用一种催眠师的专注盯着布丽吉特，好像拉斯普廷要告诉沙皇皇后他最新的灵感。“我知道你在想什么，”他安慰她说，“色彩还不够丰富！”

布丽吉特感觉好像有一盏探照灯射入了她灵魂的隐秘处。“花卉带来的变化没有我想象中那么多。”她承认说。

“这就是为什么我给你带来了这个！”托尼说着，指向一群助手，他们乖乖地等待着，直到被召唤上前。他们身边围绕着几个大纸箱子。

“那是什么？”布丽吉特问，脸上露出担忧的神色。

助手们动手打开箱子顶部。“我先想到了篷房，然后联想到了柱子，接着是锦带，”托尼说，他总是很乐意解释他的想象过程，“所以我专门定做了这个。它有点像军队的五朔节花柱。”他解释道，再也无法掩饰他的兴奋，“在灰色珍珠般光泽的映衬下，它会显得绚丽夺目。”

布丽吉特明白他所说的“专门定做”意味着极其昂贵。“看上去像领带。”她边说边往其中一个箱子里面看。

“的确如此，”托尼得意洋洋地说，“我看见索尼系过一条相当惊悚的绿橙相间的领带，他对我说这是一条军服领带，于是我想我有办法了：橙色能让百合花焕发光彩，并提亮整个房间。”托尼的双手先往上伸，然后又向外展开，“我们把锦带的一头系在柱子顶端，另一头拉到篷房的四周。”这一次，他的双手先向外展开，然后又往下伸。

这些优雅的芭蕾动作足以让布丽吉特相信自己别无选择。

“听上去不错，”她说，“但要快点装上，我们没有太多时间了。”

“包在我身上。”托尼镇定自若地说。

一个女仆走过来通知布丽吉特有电话找她。布丽吉特对托尼挥手告别，然后匆匆穿过通往住宅的红毯走道，离开篷房。笑眯眯的花艺设计师正在往支撑篷房帆布的绿色金属箍上挂常春藤花环。

明明是二月，却在室外举行派对，这种奇怪的做法是因为索尼深信那些他称之为“布丽吉特在伦敦的朋友”的人会对他住宅里的“宝贝”造成威胁。祖父的抱怨一直在他耳边挥之不去：祖母让房子里挤满了“寄生虫、基佬和犹太人”。虽然他也认识到，一个有趣的派对少不了各色人等，但他仍然不想把自己的“宝贝”托付给他们。

布丽吉特走过被搬空的会客厅，拿起电话。

“喂？”

“亲爱的，你怎么样？”

“奥萝拉！谢天谢地是你呀！我真害怕又是一个我根本不认识的人打电话来请求我允许他把全家带来参加派对。”

“人们真**可怕**，不是吗？”奥萝拉·多恩用她那种出了名的居高临下的口吻说道。她水汪汪的大眼睛和奶油般的肤色赋予她一种夏洛莱牛般的柔美。但她在发表评论时特有的那种鬼鬼祟祟的笑，更容易让人联想到鬣狗。她现在已经成为了布丽吉特最好的朋友，凭借灌输给她一种冷酷而不可靠的自信，换取她过分慷慨的善意。

“这是一场噩梦，”布丽吉特说着，在一把质地脆弱的餐椅上坐下，这餐椅被用来替代索尼的一把宝贝椅子，“我真无法相信那些人的脸皮可以厚到这种程度。”

“你不说我也知道，”奥萝拉说，“但愿你请了出色的保安。”

“没错，”布丽吉特说，“索尼请了警察，今天下午他们本来应该在一场足球赛上，现在换来这里为我们确认所有状况。对他们来说这是一个很好的调剂。他们会把房子围起来，围成一个圈。我们还在门口安排了一些熟面孔。提起这个，我发现有个名叫‘格莱施安姆·赛丘里提’[1]的家伙把他的对讲机忘在了这里的电话机旁。”

“他们为了王室也太小题大做了吧！”奥萝拉说。

“你可别嚷嚷出去，”布丽吉特压低声音说，“我们还不得不把两个心爱的房间腾给王室的私人侦探和贴身女仆。真是太浪费地方了！”

从大厅里传来的尖叫声打断了布丽吉特。

“你个邋遢的小姑娘！只会给你父母添乱！”一个女人操着很重的苏格兰口音大叫，“要是公主知道你弄脏了裙子，她会说什么？你个邋遢的孩子！”

“哦，天啊，”布丽吉特对奥萝拉说，“我真希望保姆别对贝琳达这么凶。这太糟糕了，但我从来不敢对她说什么。”

“我知道，”奥萝拉充满同情地说，“我也非常害怕露西的保姆。我想这是因为她让我联想起我自己小时候的保姆。”

布丽吉特小时候从来没有过“自己的”保姆，她不想揭露出这个事实。她花了很大的工夫，才为七岁的贝琳达找了一个

1 原文为 Gresham Security，其实不是人名，而是“格莱施安姆保安公司”。

真正老派的保姆，作为对自己的补偿。能给一个在待工名单上等了很多年的恶毒老婆子找到一份如此好的工作，介绍所的代理人为此兴高采烈。

“另一个让我担心的是我妈妈今晚要来。”布丽吉特说。

“妈妈总是很挑剔，不是吗？”奥萝拉说。

“千真万确。”布丽吉特说，但实际上她发现她妈妈总渴望讨好她，这令她厌烦，“我想我得走了，去安慰一下贝琳达。”她加上了一声叹息，表现出她是个尽职的母亲。

“真是甜蜜！”奥萝拉温柔地说。

“今晚见，亲爱的！”布丽吉特庆幸自己摆脱了奥萝拉。她有成千上万件事情要做，况且，奥萝拉不但没有把自己的那种自信灌输给她——这么说吧，布丽吉特肯跟她来往，无非是想要她的那种自信（她又没什么钱）——反而暗示说，如果让她来筹办宴会，她会做得比布丽吉特更好。

布丽吉特并没打算上楼去看望贝琳达，她只是很可恶地利用女儿作为终止交谈的借口。布丽吉特很少抽空去看望女儿。她无法原谅她是个女孩，给索尼增添了压力，让他为没有男性继承人而感到焦虑。她在二十出头的年纪做过几次人工流产，接下来的十年里遭遇过数回自然流产。撇开孩子的性别不谈，能顺利地把孩子生下来就已经是一件足够复杂的事情。医生告诉她，再次尝试生孩子会很危险。到了四十二岁的年纪，她已经认命，她此生就只能有一个孩子了，何况索尼还不情愿与她上床。

在婚后的十六年间，她的相貌的确在慢慢崩坏。清澈的蓝眼睛蒙上了一层阴影，肌肤上的光芒也已经消散，只能用调整肤色的面霜稍作一些复原。身体的曲线曾经在最好的年华里引起了多少人的迷恋，现在却被顽固堆积的脂肪破坏了形状。不愿意背叛索尼，又不能够吸引他，布丽吉特放任自己陷入一场多愁善感的生理衰退，花越来越多的时间想办法从别的方面取悦她的丈夫——或者更确切地说，是想办法不让她的丈夫感到不悦，自从他把她的付出视作理所当然并把注意力滥用在她最微小的失误上以来。

她应该继续筹办派对。对她而言，也就是指继续担心，因为所有工作都已经指派给了别人。她决定担心的第一件事情是她身边桌子上的那个对讲机，显然是某个毫无指望的保安落下的。布丽吉特拿起机器，好奇地打开了它。传来一阵响亮的嘶嘶声，接着是一阵未调试好的收音机发出的啸叫声。

布丽吉特好奇能否从噪音中调试出任何听得清的内容。布丽吉特站起身，在房间里四下走动。噪音忽轻忽响，有时会集结成一阵长而锐利的尖叫声。她走向窗口，光线在篷房侧面的遮挡下变得阴暗，篷房伫立在沉闷的冬日天空下，显得软弱而又苍白。这时她听见，或者她认为自己听见，一个人的声音。她把耳朵贴近对讲机的听筒，在一阵噼噼啪啪的声音里辨认出一段窃窃私语。

“实际上，我和布丽吉特已经有段时间没有夫妻之实了……”听筒另一端的声音说，然后就变轻了。布丽吉特绝望地摇晃着对讲机，再往窗口靠近些。她想不明白发生了什么。她听见的声音怎么可能是索尼！但还能有其他什么人声称自己和她已经有段时间没有“夫妻之实”了呢?

她又辨认出了几句话。怀着更深的好奇和恐惧，她把对讲机贴近耳朵。

“在这种时候抛弃布丽吉特……而且肯定会……但我明确地感到……肩负着某种使命……”噪声再次吞没了对话。她全身泛起一阵灼热的刺痛。她必须听清他们在讲什么，在密谋怎样可怕的计划。索尼在跟谁说话？一定是彼得。但如果不是呢？他会不会正在告诉所有人——除了她以外的所有人?

“所有财产都已经被托管。”她听到。接着，另一个声音说：“下周……午餐。”是的，这是彼得的声音。又传来一些噼啪声，接着听到他说：“生日快乐！”

布丽吉特瘫坐在窗口的椅子上。她举起手臂，把对讲机朝着墙壁狠狠地扔了过去，然后慢慢地放下手臂，无力地垂在身旁。

第四章

约翰尼·霍尔参加匿名戒麻醉品互助会已经超过一年。出于难以解释的一阵突发的热情和谦卑，他自告奋勇为周六下午三点的会议准备茶水和咖啡。一些人来拿他放了茶包或速溶咖啡颗粒的白色塑料杯，他在里面认出了好几个，但怎么也想不起他们的名字，而他们很多人都还叫得出他，他为此感到尴尬。

准备完茶水后，约翰尼和平常一样，在后排椅子上坐下。虽然他也知道，如果被点名在会议上发言，坐在后排会使得他更难以开口，或曰“分享”。他喜欢坐在尽可能远离那个“主持发言”的瘾君子的地方所带来的模糊感。“开场白”——是指例行公事地朗读一些“文学作品”的片段，解释上瘾和匿名戒麻醉品互助会的本质——约翰尼一句也没有听进去。他想看清楚坐在前排的女孩够不够漂亮，但因为看不全她的五官轮廓，无从判断。

一个名叫安吉的女人被秘书安排去排列座位。她又粗又短的双腿裹在一条黑色紧身裤里，头发把她浓妆艳抹而又疲惫不堪的脸遮住了三分之二。她受邀从基尔伯恩赶来，为一场在切尔西举行的互助会增添一抹勇气，那个互助会里的人总念念不忘撬窃父母家所带来的羞耻和找个停车位的艰难。

安吉说她六十年代开始“用药”——她指的是吸毒——因为这让她“飘飘欲仙”。她并不想沉湎于那段“糟糕的旧时光”，但她又不得不告诉小组里的人一些关于她用药的事情，让他们了解一些背景情况。半小时过去了，她依然在描述她狂野的二十多岁，显然她的听众还需要再等上一段时间，才能分享到她过去两年多在定期参加互助会的过程中陆续收集的真知灼见。最后，她说自己依然“浑身都是缺点”，以这种自我贬低式的评价，圆满结束了她的发言。全靠这些互助会，她才发现自己已经完全失去理智，彻底沉溺于一切。她还有着“极端的依赖性”，急需“一对一”的心理咨询，解决她相当多的“童年问题”。她的“人际关系”——她指的是和她男朋友之间的关系——说明了与一个瘾君子共同生活会生出许多额外的激烈争论。他俩已经决心去做“婚姻心理咨询”，这是二人充满治愈性戏剧效果的生活中最近发生的又一件激动人心的事情。对于咨询的效果，她抱有很大的期待。

秘书对安吉充满感激。她分享的很多事情，他说，也引起了他的共鸣。他“百分之百地认同”，但不是指认同她“用药”，因为他的情况完全不同——他从没用过针头，也没有对海洛因和可卡因上瘾——他的认同是在“情感上的”。约翰尼不记得安吉描述过任何情感，但他努力让他的怀疑主义闭嘴，这种怀疑主义给他参加互助会造成了很大的障碍。即使在他突破自我，主动报名准备茶水之后，也没有好转。秘书继续说自己还想起了很多童年里的事情，他最近发现，虽然他在童年时并没有遇到什么讨人厌的事情，但是他父母的疼爱令他感到窒息，从他们的理解和慷慨中挣脱出来，成了他的一件大事。

伴随着这些感人至深的话语，秘书突然宣布会议正式开始。这一刻总会让约翰尼感到紧张，因为他将被迫去“分享”。除了他强烈的自我意识和对“康复性”语言的抗拒之外，问题还在于分享应该建立在认同发言者的某些言论的基础上，而约翰尼绝大多数时候根本记不清别人刚才说了什么。他决定等等看，让其他人在表达认同时说的话帮助他了解刚才安吉发言时都说了些什么。这是一个冒险的做法，因为大部分时候他们认同的是一些发言者实际上没有说过的话。

第一位发言者站起来说，他曾经不得不通过“在心里养育孩子”的方式让自己活下去。他希望，在上帝的帮助下——这是个总让约翰尼皱眉头的说法——以及在社团的扶持下，他心里的孩子能够在“一个安全的环境中”成长。他说他的人际关系目前也出现了问题——他指的是和他女朋友之间的关系——但他仍抱有希望，只要他完成第三步，“托付给上帝”[1]，那么一切最终都会好起来的。他不是那个决定结果的人，他只是个“跑腿的”。

第二位发言者百分之百认同安吉说的那句话：她的才干令“整个基尔伯恩[2]嫉妒”。因为他的才干也曾经令整个温布尔顿[3]嫉妒。听众哄堂大笑。这位发言者却继续说道，如今每次他不得不因为一些正当的医疗问题去看医生，他们在他身上总是一根静脉[4]也找不到。他已经开始练习“第四步”——“对自我品格做一次彻底的、无惧的检讨”——这引发了大量需要细究的问题。他曾经在一次互助会上听到有人说害怕成功，而他觉得这好像也是他的问题。他此刻充满痛苦，因为他渐渐意识到自己的很多“人际关系上的问题”其实是他“畸形的家庭”造成的。他感觉自己不讨人喜爱，结果也就不再去爱，他总结说道。坐在他旁边的人感到他正陷在情绪里，便揉了揉他

1 指“十二步项目”，是一套用于治疗上瘾、强迫症和其他行为习惯问题的指导课程。第三阶段的内容是：决心把我们的意志和生活，托付给我们所理解的上帝。

2 地名，位于英国伦敦西北部。

3 地名，位于英国伦敦西南部。

4 “静脉”与“才干”的原文都是 vein。

的背，以表安慰。

约翰尼抬头看着日光灯和肮脏的教堂地下室的白色塑料天花板。他渴望听别人用普通的语言谈论经历，而不是这种晦涩轻浮的流行语。他即将登上互助会的讲台，此刻他不再做白日梦，越来越为自己该不该说点什么而感到焦虑。他组织着开场白，构想着如何从别人刚才的发言优雅地过渡到他想说的话。他的心怦怦直跳，没有及时报出自己的名字，也就没能获得发言的资格。每次他在帕特里克面前摆出一副他始终认为自己应该表现出的冷静之后，他都会感到特别焦躁不安。和帕特里克的谈话激化了他对匿名戒麻醉品互助会那套荒唐语汇的反抗，同时也使他越来越需要内心的安宁，而这种安宁，人们似乎正是在使用这套语汇的过程中慢慢收集到的。他后悔答应和帕特里克单独吃晚餐，帕特里克的刻薄言论、对毒品的怀念，以及模式化的绝望，经常留给约翰尼一种激动不安和意乱情迷的感觉。

眼下的发言者正在谈论他在某个文学作品里读到的内容："乐意做"和"准备做"之间的区别就好比你坐在一张扶手椅上，此时你乐意离开房子，但你并没有做好离开房子的准备，直到你戴上帽子，穿上外套。约翰尼知道这位发言者肯定快讲完了，因为他正在使用社团的陈词滥调，试着以一种"积极向上”的调子结束发言。这正是那些乖乖戒毒的瘾君子通常的做法，始终牢记这里有“新来的人”，这些人需要听到积极向上的调子。

他必须行动，必须现在就打断他们，说出他想说的话。

“我叫约翰尼，”前一位发言者的话音几乎刚落，他就直截了当地开口说，“我是一个瘾君子。”

“你好，约翰尼。”小组里的其他人异口同声地说。

“我必须发言，”他鼓起勇气说，“因为我今晚要参加一个派对，我知道那里会有很多毒品。那是一个大型派对，我感觉自己正面临威胁，我想是这样的。我只想通过参加这次互助会，坚定我今天继续远离毒品的决心。谢谢。”

“谢谢，约翰尼。”小组回应道。

他讲完了，讲出了真正困扰着他的东西。他没能讲任何好笑、聪明、有趣的话。但他知道，无论这种互助会多么荒唐无聊，参加一次多少能够给他一些力量抵抗今晚派对上的毒品，多少能够让他感觉多一点轻松自在。

约翰尼发言完毕，身上散发着善意的光芒。他怀着比会议刚开始时能够激起的多一点的同情，开始听下一位发言者皮特讲话。

有人曾经这样对皮特描述戒毒：“把领带扎在你的脖子上

而非手臂上。”听众发出一阵克制的笑声。皮特在用药期间，感觉过马路很简单，因为他不在乎自己有没有被撞倒。但到了刚开始戒毒的时候，他变得该死的极其害怕来往车辆（一阵克制的笑声）。他走了一公里又一公里，去寻找可以让他过马路的斑马线。在戒毒初期，他整天用牛头牌黄芥末粉划线，总怀疑自己把勺子装得太满（单独一个轻微的扑哧声）。他此刻“心情非常低落”，因为他刚和女朋友分手。她想让他成为捕鲑鱼的渔夫，而他要她当精神病科护士。她离开时说她依然认为他是“用两条腿走路的家伙里最好的一个”。这让他担心她是否爱上了一头猪（一阵笑声），或者一条蜈蚣（更多的笑声）。这是最让他生气难过的一件事！前阵子，他响应了一次“第十二步要求的号召”——他指的是去拜访一位给匿名戒麻醉品互助会打来电话的瘾君子。这家伙的精神状态很差，但是说实话，皮特承认说，他想成为那家伙，胜于那家伙想成为他。这就是这种疾病不可理喻的地方！“当初我在崩溃的边缘，跪着来参加这个项目，”皮特用一种更虔诚的语气总结说，“而事实表明，至今我依然没能站起来。”（一阵心领神会的咕哝声，接着是一句表示感激的“谢谢，皮特”。）

在皮特之后发言的是一个名叫萨丽的美国女孩。自从她“第一次参加会议”以来，“晚上睡觉，白天醒着”对她而言已经变成了“一个真实的概念”。她想从项目中获得“无所不在的自由”，她知道在“慈爱的救世超能”的帮助下，她能实现这个目标。圣诞节那天，她参演童话剧，“为她心里的孩子举行庆祝仪式”。之后，她又和社团里的另一位成员一起旅行，因为——就像美国人说的——“同病（sick）相粘（stick）”。

小组谢过萨丽之后，秘书宣布接下来进入“新成员时间”，他希望大家能重视这个环节。每次他宣布后，随之而来的总是一阵短暂的沉默，因为新成员要么不存在，要么害怕得不敢说话。最后五分钟总会被某个老成员抢占，他不是“心情非常低落”，就是“想让自己成为会议的一部分”。不过，这次房间里倒真有一个如假包换的新成员，还大着胆子开口发言了。

大家叫他戴夫，这是他第一次参加互助会。他看不出这种互助会如何能让人停止吸毒。实际上，就在他正要离开的时候，他听见有人谈论起了芥末、勺子和划线。他一度以为自己是唯一做过这种事情的人，所以听到别人提起觉得十分有趣。他身无分文。他不能外出，因为到处欠债：他没被石头砸死的唯一原因是他再也没有力气去偷窃。他还留着电视机，但他有一种感觉：自己正在操纵它。他现在不敢看电视，因为他一直担心自己昨晚把电视上那家伙瞪得生气了。他想不出别的要说的了。

秘书用他专门哄新成员的口吻对戴夫表示感谢。新成员的痛苦为他提供了精神食粮，一个“消除戒心”和“灌输信念”的绝佳机会。他建议戴夫散会后别离开，记下其他几个成员的电话号码。戴夫说他的电话已经停机。秘书担心此时充满魔力的“沟通”即将退化成普通谈话，便冲着戴夫坚定地笑了笑，转而询问今天还有没有其他新成员。

约翰尼有点惊讶地发现自己关心发生在戴夫身上的事情。实际上，他真心希望这些人，这些和他一样绝望地依赖毒品、沉溺于毒品、多年来无法思考其他任何事情的人，能够振作起来，好好生活。如果他们非得为此使用那些晦涩的流行语，那么这也只能是个缺憾，而不应该成为他希望他们没能振作起来的理由。

秘书说，今天的时间已经到了，除非还有谁迫切地需要发言。没有人说话，他便站起来，让安吉帮他收尾。其他所有人也跟着站起来，相互握手。

“你们愿意加入我的宁静之祷吗？”安吉问，“按照你对他或她或它的理解，使用‘上帝’这个词。上帝。”她说着启动了祷告。当所有人都准备加入时，她重复说：“上帝，请赐予我安宁，去接受我无法改变之事；请赐予我勇气，去改变我能够改变之事；请赐予我智慧，去分辨两者之区别。”

约翰尼和往常一样，思忖着自己在对谁念这篇祷词。有时候，当他和他的“瘾君子同伴”聊天时，他会承认自己“被困在了第三步”。第三步提出了一个大胆的建议，要求他把自己的意志和生活托付给“他所理解的”上帝。

在会议的尾声，阿曼达·普拉特——他之前一直没注意到她——朝他走来。阿曼达是尼古拉斯·普拉特的女儿，今年二十二岁，由他最多愁善感的老婆所生。那位穿着蓝色的羊毛衫、戴着简洁的珍珠项链的将军的女儿，是尼古拉斯过去每次和布丽吉特一起出门时，常常在暗地里幻想的结婚对象。

约翰尼跟阿曼达不算很熟，但多少知道一些关于她父母的事情。她比他小八岁。在约翰尼看来，她根本不算个瘾君子，只是那些神经过敏的女孩中的一个。吸一点可卡因或冰毒，用来帮助减肥；吃一些安眠药，用来帮助睡眠；最糟糕的是，当这些可怜的滥用开始变得不怎么令人愉快时，她就停了下来。约翰尼将整个二十几岁都浪费在重蹈覆辙上，对于任何比起他来更早或没有更好的理由就放弃投降的人，他总抱着不屑一顾的态度。

“刚才太好玩了，”阿曼达说话的音量远远超出约翰尼的期待，“你告诉大家你今晚要去参加一个大型派对的时候，我就知道你指的是奇特利。”

“你也会去吗？”约翰尼问，他已经知道答案了。

“哦，会，”阿曼达说，“布丽吉特实际上算是我的后妈，因为她和老爸约会过，就在老爸跟老妈结婚前。”

约翰尼看着阿曼达，再次对眼前的现象感到惊奇：有些女孩漂亮却毫不性感。她身上有某种空洞而又挥之不去的东西，一个消失的核心，阻止她展现魅力。

“好吧，那我们今晚会再见面。”约翰尼说，盼着赶快结束谈话。

“帕特里克·梅尔罗斯是你的朋友，对吗？”阿曼达问，完全无视他想结束谈话的语气。

“对。”约翰尼说。

“我听说他经常诋毁社团。”阿曼达忿忿不平地说。

“这怎么能怪他？”约翰尼叹了口气，视线越过阿曼达的肩膀，确认戴夫是否还在房间里。

“我就怪他，”阿曼达说，“我认为这很差劲，真的，这只反映出他病得有多重：如果他没病，就不需要诋毁社团。”

“也许你说得对，”约翰尼说，对这一套套关于“戒毒”的熟悉的赘述表示投降，“但是听着，我现在得走了，否则我会赶不上去乡下的车。”

“今晚见，”阿曼达兴高采烈地说，“到时候我也许会需要你参加一个紧急会议！”

“呃……”约翰尼说，“很高兴得知你也会在那里。”

第五章

罗宾·帕克透过厚厚的眼镜片——这副镜片能够帮助他辨别普桑的赝品和真品，却无法，唉，帮助他成为一个稳当的司机——惊恐地看到，就在刚才他千辛万苦去脏乱的餐车拿一小杯金汤力的时候，一位老妇人走进了“他的”车厢。列车上的每样东西都令他感到恶心：塑料“玻璃杯”、蓝紫相间的内饰、柴油机和死皮的气味，而现在又多了一个乏味的人物，穿着只有女王穿上才不会显得太丑的大衣，闯进了他的车厢。他噘起嘴唇，从这位老妇人横在地板上的一个不可思议的淡蓝色保姆手提箱旁边挤过。他捡起他的《旁观者》杂志[1]，这是珀尔修斯举起盾牌对当代美杜莎的一种抵抗，正如他不止一次提到的，他陷入一场白日梦，梦中他偷偷地从苏黎世，也可能是多维尔，飞往格洛斯特郡，和某个真正富有魅力的人一路同

1 *Spectator*，1828 年开始发行的英国周刊杂志，主要谈论政治议题，风格偏向保守；亦涵盖其他题材，包括书籍、音乐、歌剧、电影、电视节目评论等。

行。火车驶过查尔伯里和莫顿因马什，一路上他一边假装在阅读杂志，一边构想自己可以就挂在车厢墙上的那几幅本·尼科尔森的画作发表怎样聪明精妙的言论。

弗吉尼亚·沃森-斯科特紧张地瞄了一眼她的手提箱。她知道它挡了所有人的路。上一次她坐火车，有一位好心的年轻男士把它抬上了行李架，但完全没考虑她到站后要如何将它取下。她太有礼貌，什么都没说，但她始终记得火车驶入帕丁顿站时自己被箱子的分量压得摇摇晃晃。即便这种程度的帮助，坐在她对面的那位相貌滑稽的男士至少也应该为她提供一下吧?

她最终决定不把她为出席派对而买的那件酒红色天鹅绒礼服打包带来。发生了一些罗迪活着的时候永远不会发生的事情，她已经不知所措。她最后决定穿一件她过去最喜欢的礼服，索尼和布丽吉特已经见她穿过一百次，或者说，如果他们更频繁地邀请她去奇特利的话，他们应该已经见她穿过一百次。

她当然知道为什么他们不常邀请她，是因为她令布丽吉特感到难堪。索尼比较有风度，同时又有点粗鲁，用尽了老式的礼仪，却没能掩盖他心底的蔑视。她不在乎他，但想到女儿不愿意和自己相处，她确实会感到心痛。老人们总说不想成为累赘。但不管别人怎么说，她就想成为累赘。他们不会让她住进最后一间空房，虽然那只是索尼的一幢小农舍而已。他总是吹嘘自己拥有那么多的小农舍，以及负责管理它们需要耗费那么多的精力。

布丽吉特曾经是个非常可爱的小女孩，是可怕的尼古拉斯·普拉特改变了她。具体很难描述，但她确实开始在家指手画脚，瞧不起那些她认识了一辈子的人。弗吉尼亚只见过尼古拉斯一次，感谢上帝，那天他带她和罗迪去看戏。她后来告诉罗迪，她一点也不喜欢尼古拉斯，但罗迪说布丽吉特是个聪明姑娘，况且她已经长大了，可以自己做决定了。

“啊，真的得开快点了，”卡罗琳·波洛克说，“我们答应过要提早到那里，给他们精神上的支持。”

精神上的支持——彼得·波洛克心想，那天上午和索尼的谈话依然令人他心神恍惚——肯定是奇特利现在需要的东西。

他们继续沿着车道前行，路过温驯的小鹿和古老的橡树。彼得暗自思忖，有些英国人可以坦然地宣称家庭就是城堡，比如他自己。他想知道这是不是那种在电视上众目睽睽之下可以讲的话。他反复掂量了一会儿，就在卡罗琳开着斯巴鲁汽车嗖的一下穿过蜜糖色门柱的时候，他决定，还是不讲了吧。

尼古拉斯·普拉特懒洋洋地躺在阿朗杜家的汽车后排座位上。这才是观察世界的正确方式，他心想，透过豪华轿车的玻璃窗。

羊排非常出色；当天早上从法国空运过来的奶酪，味道也不错；1970年奥比昂酒庄的红酒“相当一般”[1]——大使中肯地评价道。

“那位伯爵夫人，她出身名门吗？”杰奎琳问，将话题转回到布丽吉特身上，好让她丈夫仔细琢磨一下她的背景细节。

“完全不是。”尼古拉斯用带着浓重的英国口音的法语说道。

“并非来自上流社会！”杰克·德·阿朗杜大声说道，洋洋得意于自己所掌握的英语会话。

杰奎琳自己也并非来自上流社会，尼古拉斯心想，但正因如此，她才会对社会地位如饥似渴。她母亲是一个黎巴嫩军火商的女儿，嫁给了菲利普·杜特昂，一位穷困潦倒、微不足道的男爵。这人既无法像她父亲一样宠溺她，又无法将她从宠溺中拯救出来。杰奎琳出生时家里的财富并没有多得可以在瑞士银行的秘密区域开立账户。她有着略显灰黄的肤色和从她母亲

1 若无特别说明，仿宋字体原文为法语，下同。

那里继承来的下撇的嘴角，而她父亲又将一只高耸骇人的鼻子安放在她脸上，此举实属多余。不过，她年纪轻轻就已经作为女继承人声名远扬，因此在大多数人看来，她就好像从照片里走出来的人，一个由名望构成的肉体，一个幻化成人形的银行账户。

“这就是你没娶她的原因？”杰奎琳取笑他。

“跟她相比，我的出身确实算得上高贵，”尼古拉斯斩钉截铁地回答，“但你知道，我已经不像过去那样势利了。”

大使好像在法庭上似的竖起他的一根手指说：“而是比过去更势利了！”他宣布道，脸上露出一副俏皮的表情。

“世界上的势利有很多种类型，”杰奎琳说，“一个人不可能全都占据。”

“势利是人们最应该鄙视的事情之一。”尼古拉斯说。

“有些事情——比如不要容忍愚蠢的人，或者不要让猪上餐桌——根本算不上势利。那只是一种常识。”杰奎琳说。

“然而，”狡猾的大使说，“有时候需要让猪上餐桌。”

那些长期以来因电话的存在而显得多余的外交官们，尼古拉斯想，依然保留着处理国家大事者的矫揉造作。他曾经看见杰克·德·阿朗杜把他的大衣挂在楼梯扶手上，然后用宣称在西班牙王位继承权的问题上决不妥协的那种强调的口吻说：

“我把外套放在这里。”接着，他又把帽子放在旁边的椅子上，带有一种无限微妙的感觉补充说：“但我把帽子放在这里。否则它会掉下来！”他就好像在暗示：其他方面也可以按照这种严格的配对标准达成一致。

“如果它们上了餐桌，”杰奎琳耐着性子总结说，“它们就不再是猪了。”

人们总是厌恶被自己伤害过的人——根据这一法则，索尼发现在和彼得·波洛克谈话之后，他对布丽吉特尤其反感。为了避免见到她，他远远地跑去了儿童房。

“爸爸！你来干吗？”贝琳达问。

“我来看我最爱的小姑娘。”索尼低沉有力地说。

“你是个多么幸运的小姑娘，”保姆柔声说，“像你爸爸这样的大忙人会在这样一个大日子里来看你！”

“你走吧，夫人，”索尼说，“我来照看她。”

“好的，先生。”保姆假惺惺地说。

“好啦，”索尼搓着双手说，“你们刚才在做什么？”

“我们在看书！”

“什么样的书？”索尼问。

“关于一次学校旅行。”贝琳达非常害羞地说。

“去哪里旅行？”

“去蜡像馆。”

“杜莎夫人蜡像馆？”

“是的。蒂姆和简非常淘气，他们没跟上队伍，还躲了起来。到了晚上，所有蜡像都活过来了，他们像真人一样的一起跳舞，还和两个孩子交朋友。你能念给我听吗？爸爸，求你了？”

“可你刚刚看过一遍。”索尼不解地说。

“这是我最喜欢的故事，如果你能念给我听，就更好了。求你了。”贝琳达恳求道。

“我当然会念给你听，我很乐意，”索尼说着，微微鞠了一躬，就好像受邀在一个农产品博览会上发表演讲。他既然进了儿童房，就最好能一并树立个好形象。而且，他确实满心欢喜地爱着贝琳达，强调这一事实没有坏处。这是一种见不得人的想法，但他必须务实，未雨绸缪，为奇特利庄园的未来做打算。如果到时候在监护权的问题上双方争执不下，保姆会是个有用的目击证人。应该可以确定，他这次意料之外的突袭儿童房能给她留下深刻的印象。索尼在一张破旧的老扶手椅里坐下，而贝琳达——几乎不敢相信自己的幸运——坐在他的腿上，头靠在他柔软的亮红色羊绒毛衣上。

“蒂姆和简班上的所有孩子都很兴奋，”索尼低声念道，“他们要去伦敦旅行……”

“你不能跟我一起去，实在太遗憾了。”戴维·温德福对他妻子说，顺手把一对避孕套放入无尾晚礼服的内侧口袋，以防不时之需。

“玩得开心，亲爱的。”简倒吸一口气，巴不得他快离开。

“没有你，我不会开心的。”戴维边说边盘算两个避孕套是否够用。

“别傻了，亲爱的，一旦驶上高速公路，你就不记得我了。”

戴维懒得去反驳这句话里包含了多少真相。

“我希望你明天能感觉舒服些，”他换了句话说，“我明天一醒来，就给你打电话。”

“你真是天使，”他妻子说，“开车路上小心。”

约翰尼打电话来说他会自己开车前往，帕特里克便独自离开伦敦，能在天黑前逃脱，令他舒了一口气。他对自己曾经为参加派对注入的高烧般的热情感到不可思议。这基于一种希望，一种从未实现的希望：一旦给他电影般的生活披上一层完美无瑕的光彩，他就能不再担忧，不再茫然。然而，为了发挥效果，他不得不让一个陌生人的观点贯穿他写得密密麻麻的日记本，以掩盖自己的真实看法；他也不得不相信——事实刚好相反——如果他能够被反射到足够多的光芒，就能省去从自己身上发掘光芒的麻烦。没有这种势利的狂热，他就会滞留在自己好像悬挂在天花板上不停旋转的电风扇般的意识里。他浅浅地呼吸，让大脑获得尽可能少的氧气，他的大脑显然无法产生其他任何想法，除了恐惧和悔恨。

帕特里克第三遍倒回去听伊基·波普[1]演唱的《乘客》。他的车往山下直冲，朝着架在海威科姆的工厂区和住宅区之间的高架桥驶去。从听音乐的恍惚里脱离出来，已被他遗忘的当天早晨的一个梦的碎片又回到他的脑海。他仿佛看见一只肥大的阿尔萨斯狼狗猛扑向一扇上了挂锁的大门，发出砰砰的响声。他正走在一座花园边的小路上，那只狗透过常被用来标记法式乡村花园界限的绿色鸡笼网，朝着他狂吠。

汽车慢慢爬上位于高架桥另一端的山坡。此时，扬声器里轻轻弹奏着一首歌的序曲。帕特里克扭曲着脸，准备和伊基一

1 伊基·波普（Iggy pop, 1947— ），美国歌手、音乐家，有时会参与戏剧演出，被认为是朋克摇滚最具影响力的创新者。曾任丑角乐队的鼓手，乐队风格以原始颓废的摇滚为主。

起唱歌。他大声唱出开头熟悉的歌词，快了半拍。汽车内部烟雾缭绕，混着不成调的歌声，提速驶入渐渐浓重的夜色里。

劳拉偶尔会难以离开公寓，她不确定这算不算她的性格缺陷之一。她无法穿过大门，或者说，就算穿过了，也必须折返两次，她就是**非得**这么做不可。一旦她退回到房间里，丢失或遗忘的东西就会从她包里冒出来。在她的猫死后，这种情况变得愈发严重。出门前确认猫有水喝、有食物吃，确保猫没有跟着她来到走廊——这些事情可以让她好受许多。

劳拉刚刚打发柴娜去取车，借口说她的行李太重，无法拖着走远路。但实际上她是不想让柴娜目睹那套帮助她走出公寓的抚慰仪式。她必须倒退着走出来——这很荒唐，她知道这很荒唐——她一边走，一边还要摸着门框顶部。很可能被她的某个邻居看见她踮着脚尖张开双臂倒着走出公寓，为了避免这种危险，她会先往走廊里看一眼，确认那里空无一人。

“我们可以在车里玩个游戏，”柴娜说，“晚餐时你最不想让谁坐在你身边。”

“我们以前玩过了。”劳拉抱怨道。

“但我们以前是站在别人的角度来玩的。”

“哦，这我倒没想到。”劳拉说。

无所谓柴娜说什么，劳拉边锁门边想：约翰尼是柴娜的前男友，所以至少可以问问她约翰尼有什么习惯以及柴娜有多么思念他，作为开车期间的乐趣。

亚历山大·波利特斯基——他是个俄国人，所以他说英语时带有极其浓重的英国腔——也许是英格兰最后一个真诚地使用“老兄”[1]一词的人。他逢人便称自己拥有这个国家最好的鞋类藏品。他有一双一战前制作的 Lobb 牌[2]马靴，是“一位可以算是他父亲朋友的了不起的老公子哥兼娘娘腔”送给他的。这双靴子只在特殊场合——也就是在对话中自然而然地谈到关于鞋子或靴子的话题时——才会被他提起。

他开车载着阿里·蒙塔古下乡前往博辛顿-雷恩家。他俩都会住在那里。阿里认识比尔·博辛顿-雷恩已经超过四十年了，把他和他太太形容为“人们在伦敦永远看不到的一类人，他们只是不太擅长旅行”。

曾经有人问比尔，他是否还留着他美丽的庄园豪宅。“美丽的庄园豪宅？”他说，“我们依然留着那个垃圾场，如果你

1 英语原文是 old bean。
2 英国高档鞋类品牌，1849 年创立于伦敦。1900 年前后在巴黎开设分店，隶属于著名的皮具奢侈品牌爱马仕。

指的是它。”“顺便问一句，”阿里继续说，“你有没有在邓普斯特听人们说起今晚的派对？什么英格兰最好的狩猎场、一万英亩土地，还有玛格丽特公主，在这堆陈词滥调之下，布丽吉特却说：‘我只是请了一些人来为我丈夫庆生。’她永远搞不清楚状况，不是吗？”

“呃，”亚历山大哼哼唧唧地说，“我受不了那个女人。我的意思是，如果是玛格丽特公主对我神气十足的也就算了。今晚无疑将是——”

“祝你好运，”阿里插嘴说，“但你知道吗，我宁愿让一些我不喜欢的人来举办派对。”

“可是，”亚历山大继续旁若无人地说，“布丽吉特·格雷夫森德，娘家好像是姓沃森-斯伯特，管他们姓什么呢，反正我不想让这样一个人对我神气十足的。”

“沃森-斯伯特，”阿里笑了，“我倒是在别的圈子里听说了一点有关这位父亲的事情。他名叫罗迪·沃森-斯科特，整天就会傻乐呵，好像是个二手车销售员，不过心地善良。你知道的，我不是一个势利鬼。但即使不是势利鬼，也不会想和那种人来往。”

“你瞧，我刚才说的就是这意思，”波利特斯基说，“我不想让一个二手车销售员的女儿对我神气十足的。毕竟，曾经沿着我们家族的土地，可以从莫斯科一直走到基辅。”

“跟我讲这些外国地方没用，”阿里说，“我不知道基辅在哪里。”

“你只需要知道那离莫斯科很远，”亚历山大粗鲁地说，“反正听说辛迪·史密斯那个小三的插足会让布丽吉特咎由自取。”

“我不明白的是辛迪为什么会喜欢索尼。”阿里说。

“他是她想进入的那个世界的钥匙。”

“或者被进入。”阿里说。

两个男人都笑了起来。

“顺便问一句，你今晚会穿高跟鞋吗？”亚历山大漫不经心地问道。

安·艾森握着拳头，擦了擦捷豹车后部的玻璃窗，但没有用；玻璃窗另一面，脏脏的雾气依然坚守着阵地。

司机反感地看了一眼后视镜。

“你知道我们到哪儿了吗？”汤姆问。

“当然知道，”安说，“我们进入了精神失常的状态，”她一字一顿、慢悠悠地说，“这就是我们目前的所在地。我们正在去观赏大量的博物馆藏品、傲慢的势利鬼、黄鱼脑袋和封建乡巴佬——诸如此类的东西的路上。”

“哈罗德说玛格丽特公主也会来。”

“还有些傻乎乎的德国佬。”安心满意足地把这最后一项放上她的清单。

捷豹车向左拐，驶入一条长车道的尽头。一座维多利亚式庄园的灯光透过雾霭，照射过来。他们已经来到了哈罗德·格林的家，也就是即将在这个周末招待他们的主人的住所。

“哇哦！”安说，“好好看看这里：五十五个房间，我打赌没有一间不闹鬼。”

汤姆从地上提起一个破旧的皮箱，对眼前的庄园丝毫不感到惊讶。“这是一幢典型的哈罗德式的房子，”他说，“你说得没错。多年前，他在艾灵顿有幢房子就跟这幢很像。那时候，我们都很年轻，正在拯救世界。”

第六章

布丽吉特让她母亲从火车站叫辆出租车过来，不用担心钱的问题，因为她会支付。但弗吉尼亚·沃森-斯科特到了奇特利，却不好意思开口要车费，只好自己付了钱，虽然十七英镑的车费外加一英镑给司机的小费并非一笔小数目。

“如果兰花会写小说，”托尼·福尔斯正说着，弗吉尼亚被领进了布丽吉特的小会客室，“它们一定写得跟伊莎贝尔似的。”

“哦，你好，妈妈。”布丽吉特叹了一口气，从沙发上站起来，她刚才正坐在那里侧耳倾听托尼讲话。镇静剂减轻了偷听索尼的电话给她造成的影响，布丽吉特对此有点惊讶，但依然很高兴自己能够进入习惯性的恍惚，并被托尼妙趣横生的谈话分散了注意力。然而她母亲的出现，作为一种不公平地附加在她身上的精神负担，又给了她一击。

“我自以为已经把事情安排得够有条理了，”她对她母亲解释道，“但结果仍有成千上万件事情等我去做。你见过托尼·福尔斯吗？”

托尼站起来和她握手。“很高兴见到您。”他说。

“能够来到真正意义上的乡村，真是太好了，”弗吉尼亚说，她害怕沉默，“我住的地方，这些年周围造了太多建筑。”

“我知道，”托尼说，“我喜欢看奶牛，您呢？它们是那么天然。”

“哦，是的，”弗吉尼亚说，“奶牛很可爱。”

“但困扰我的是，”托尼承认说，“我太注重审美。我想一头冲到草场上，把它们排列整齐，然后用胶水固定住，这样从房子这边看过去，它们就完美了。”

“可怜的奶牛，”弗吉尼亚说，“我觉得它们不会乐意的。贝琳达在哪儿？”她问布丽吉特。

“估计在儿童房。”布丽吉特说，“现在时间还早，你想喝点茶吗？”

“我想先去看看贝琳达。”弗吉尼亚回答，她记得布丽吉特让她在下午茶时间到达。

“好吧，那我们去儿童房喝茶，”布丽吉特说，“我恐怕也只有儿童房那一层的房间可以给你住了——玛格丽特公主，还有别的林林总总，把这里搞得拥挤不堪——所以我可以顺路带你去看看你的房间。”

“好嘞！”弗吉尼亚说。罗迪生前常说这个词，总让布丽吉特抓狂。

“哦，”她忍不住抱怨，“请别那样说话。”

“我肯定是被罗迪传染了！”

“我知道。”布丽吉特说。她可以想象这样一幅画面：她父亲穿着轻便西装和斜纹裤，一边戴上驾驶手套，一边说“好嘞！”他待她总是很温柔，她却学会了为他感到尴尬，而且一旦学会，就再也无法改变，甚至在他死后。

“那么，我们上楼吧。”布丽吉特叹了口气，“你跟我们一起来吧？”她恳求托尼。

“遵命！”托尼一边回答，一边行了个军礼，“是不是也不许我这么说？”

布丽吉特带路来到儿童房。保姆正在斥责贝琳达“疯过头”。她一边去儿童房里的厨房准备茶水，一边咕哝道：“父母俩在同一天里出现……”话语中混杂着惊讶和怨恨。

“外婆！”贝琳达叫道，她喜欢外婆，“我不知道你要来！”

“没人告诉你吗？”弗吉尼亚问。见到贝琳达，她太开心了，无暇顾及这个疏忽。

托尼和布丽吉特朝着房间的另一侧走去，那里有张旧沙发。

“玫瑰花图案！”托尼责备了一句，然后坐下。

“她俩在一起很甜蜜吧？”布丽吉特问。她看着贝琳达坐在弗吉尼亚的膝盖上，往外婆的手提包里仔细看，想知道里面有没有糖果。布丽吉特一瞬间想起自己也曾经有过同样的姿势，那时候感觉很幸福。

“可以说是甜蜜（sweet），”托尼确认说，“也可以说是为了糖果（sweets）。”

“你这个愤世嫉俗的老家伙。”布丽吉特说。

托尼的脸上摆出一副无辜表情，好像受到了伤害。“我不是愤世嫉俗，”他抱怨说，“大部分人都受着贪婪和嫉妒的驱使，这难道是我的错？”

“那你受什么驱使？”布丽吉特问。

“风格，”托尼羞怯地说，“还有对朋友的爱，”他加上一句，并轻轻地拍了拍布丽吉特的手腕。

“别想拍我马屁。”布丽吉特说。

“现在到底是谁比较愤世嫉俗？”托尼倒吸一口气。

“看外婆给我带了什么！”贝琳达说着，拿出一袋柠檬果子露糖，这是她最爱的糖果。

“你想吃一颗吗？”她问她母亲。

“你不该给她糖果，”布丽吉特对弗吉尼亚说，“对她的牙齿有害。”

“我只买了四分之一磅，”弗吉尼亚说，“你小时候也喜欢这种糖。”

“阿姨会强烈反对的，是吧，阿姨？”保姆拿着茶托盘再次出现时，布丽吉特趁机问她。

“哦，是的。”保姆说，实际上她并没听见他们在讨论什么。

“糖果会腐蚀小女孩的牙齿。”布丽吉特说。

“糖果！”保姆大叫起来，她终于注意到了敌人的存在，“除了星期天，其他时间儿童房里不准有糖果！”她怒喝道。

贝琳达跑出儿童房，来到外面走廊上。“我已经不在儿童房里了。”她反复叫喊着。

弗吉尼亚用手捂住嘴，做出一副想掩饰笑容的样子。“我并不想惹麻烦。”她说。

“哦，她是个机灵鬼。”保姆圆滑地说，她看得出布丽吉特正在暗自赞赏贝琳达的叛逆。

弗吉尼亚跟着贝琳达走到门外走廊上。托尼用挑剔的眼光看着她身上穿的旧花呢裙。时髦高雅，肯定算不上。他感觉布丽吉特的态度授予他鄙视弗吉尼亚的权利，与此同时，他也没有放弃鄙视布丽吉特不够忠于她母亲以及并不比她母亲更时髦高雅所带来的乐趣。

“你应该带你妈妈去买条新裙子。”他建议道。

“别这么粗鲁。”布丽吉特说。

托尼能嗅出她愤怒中的脆弱。“那种栗色格子让我头疼。”他坚持说。

“确实糟透了。”布丽吉特承认说。

保姆端来两杯茶，和一盘嘉法蛋糕。

“外婆会替我保管那些糖，”贝琳达说，她回到儿童房，“我想吃的话，得问她要。”

“在我们看来，这是一种好的妥协。”弗吉尼亚解释说。

“她还会在晚餐前给我念一个故事。”贝琳达说。

“哦，我想告诉你，”布丽吉特心不在焉地说，“博辛顿-雷恩家邀请你去吃晚餐。我无法拒绝，因为那里需要多一些女宾，他们太把这个当回事儿了。和玛格丽特公主一起待在这里会很闷，你在那里反而轻松自在。他们是我们的邻居，非常亲切友好。”

“哦，”弗吉尼亚说，“好吧，如果需要我去，我想……”

“你不会介意的吧？”布丽吉特问。

“哦，不会。”弗吉尼亚说。

“我的意思是，我觉得这样对你更好，你会更惬意。”

“是的，我肯定会更惬意。”弗吉尼亚说。

“我的意思是，如果你真的不想去，我还是可以跟他们取消的，我想我可以的，虽然到这一刻才取消会让他们很生气。”

“不，不，”弗吉尼亚说，“我愿意去，你不用跟他们取消。他们听上去人挺好的。我要离开一下，你不介意吧？”她加上一句，然后站起身来，打开一扇门，走进和儿童房在同一层的其他房间。

“我处理得还可以吗？”布丽吉特问托尼。

“应该颁给你一座奥斯卡奖。”

“你不会觉得我冷酷无情吧？我只是觉得自己无法同时应付玛格丽特公主、索尼和我母亲三个人。”

“你做得对，”托尼安慰她，“毕竟，你无法把另外两个人中的任何一个打发去博辛顿-雷恩家。”

“这我知道，但我的意思是，我其实也是在为她着想。”

“我肯定她在那里会更开心，”托尼说，“她看上去是个亲切的女人，只是不太会……”他寻找着合适的词，“……交际，是吗？”

“是的，她不会，”布丽吉特说，“玛格丽特公主的一切都会令她紧张得要命。”

“外婆不开心吗？”贝琳达问。她走过来坐在她母亲的身边。

“为什么这么问？”

“她走出去时好像很难过。”

“她面部放松的时候看起来就是那副样子。”布丽吉特别出心裁地说。

弗吉尼亚回到儿童房，把手帕塞在她的开襟毛衣的袖子里。

“我在一个房间里待了一会儿，看见我的手提箱在那里，”她兴高采烈地说，“那是给我睡觉的地方？”

“嗯，”布丽吉特一边说，一边拿起茶杯，慢悠悠地呷着，“我很抱歉，房间有点小，但毕竟也只住一晚上。”

“只住一晚上。”弗吉尼亚重复道，她原本希望能住上两到三晚。

“这幢房子里塞满了人，”布丽吉特说，“给……给每个人造成如此大的负担，”她在保姆面前，得体地咽下了“仆人”这个词，以免得罪她，“不管怎样，我想你会想跟贝琳达离得近一些。”

“哦，当然，”弗吉尼亚说，“我们可以搞一场深夜狂欢。”

“一场深夜狂欢，”保姆气急败坏地说，她再也无法克制自己，“不准在**我的**儿童房里！”

“我认为这是贝琳达的儿童房。”托尼刻薄地说。

“归我管，”保姆倒吸一口气，“我不允许深夜狂欢。”

布丽吉特想起自己去寄宿学校的前一天晚上，她母亲为了安慰她，搞了一场深夜狂欢。母亲假装瞒着父亲，但布丽吉特后来发现父亲其实早就知道了一切，甚至亲自去买了蛋糕。她用一声叹息压住这段深情的回忆。她听到房子前传来一阵汽车的嘈杂声，便站起身来，从儿童房角落里的一扇小窗探出身子。

“哦，天啊，是阿朗杜夫妇。”她说，“我得下楼跟他们打声招呼。托尼，你能做个天使来帮帮我吗？”她问。

“只要你之后留给我一点时间，够我穿上为见玛格丽特公主准备的晚礼服。”托尼说。

“我能做什么吗？”弗吉尼亚问。

“不，谢谢。你待在这里拆行李。我会叫一辆出租车送你去博辛顿-雷恩家。大约七点半。”布丽吉特算了算时间，赶在玛格丽特公主应该还没有下来喝点什么之前。“当然，我来付车费。”她又加上一句。

哦，天啊，弗吉尼亚想，又有更多的钱要打水漂了。

第七章

帕特里克房间订晚了，被安排住在小索丁顿家庭酒店的副楼。在给他的订房确认函中，管理部门附加了一本小册子，重点介绍了一间豪华房，里面有一张四帷柱大床、一个高高的大理石火炉和一扇凸窗，窗户外视野开阔，可以看到科茨沃尔德动人心弦的美景。安排给帕特里克的房间，有一个斜度很大的天花板，窗户外看到的是厨房堆物场。房间里炫耀似的摆放着全套煮茶设备、速溶咖啡包和一个个可以存放很久的迷你罐装牛奶。废纸篓、窗帘、床单、靠垫和纸巾盒上成套的小碎花图案看上去都在不断旋转和闪烁。

帕特里克从行李箱里拿出晚礼服，扔在床上，接着把自己也扔上了床。床头柜的玻璃台面下有一张告示，上面写着："为避免失望，建议您提前预订餐厅座位。"帕特里克一辈子都在努力避免各种失望，他咒骂自己没能早点发现这个解决方案。

就没有别的方法可以让他不再失望？当他的身份开始瓦解、继续进一步瓦解，他如何才能找到一个坚实的基础？不过，也许这整个身份模型都是一种误解，也许身份不是一个需要人们去寻找地基的建筑，而是一套由某个中央情报机构召集在一起的角色模仿。这个情报机构了解角色模仿的发展进程，消除了行为和表演之间的差别。

“角色模仿，先生，”帕特里克咕哝着，挺起肚子，摇摇摆摆地走向浴室，好像他就是胖先生本人，“是我不赞成的一种习性，这会毁了埃斯科菲耶先生……”他停了下来。

这几天一直折磨着他的自我厌恶好像瘴气弥漫的沼泽地一样淤积发臭。他有时会怀念那一群爱讥讽的角色，他们陪伴他经历了二十出头时更戏剧性的瓦解。虽然他依然可以在脑海中召唤他们中的一些人，但是他们似乎已经丧失了活力，就好像他很快忘记自己扮演腹语表演者手中的人偶时所遭受的痛苦，而是换成了对过去某段时期的深切怀念，用它的强烈程度补偿反目的不快。

“无条件地接受死亡。”当他用牙齿咬开一袋沐浴露时，《一报还一报》里一句诡异的台词又浮现在他的脑海里。一个人只有对生活感到绝望，才能抓住它真实的价值——这个半肤浅半成熟的想法，或许透露着什么。又想了想，也许什么也没有。但是，不论在何种情况下——他一边沉思，一边把绿色黏液挤出袋子，试着回到他之前的思绪里——这个中央情报机构是什么，它到底掌握了多少情报？如果不是被迫阐释，那又是什么像细线一样将四处散落的珠子般的人生经历串联起来？人生的意义在于，无论是怎样的意义，人们都可以掐断它倔强的喉咙。

维克托·艾森，伟大的哲学家——在最需要他的时候，他又在哪里？帕特里克赶来收尸，安·艾森慷慨地给了他这本书。他怎么能把这本言之凿凿、精彩绝伦的《存在、感知和判断》（还是《思考、感知和判断》？）扔在了纽约呢？

上次到纽约，他又去了一趟殡仪馆。几年前，他在那里见到了他父亲的尸体。这幢建筑完全不是他记忆中的样子，他这次看到的是柔软的棕色砖块，而不是灰色的石头外墙。这幢建筑比他期望的小很多。他在好奇心的驱使下走入建筑，发现那里并没有黑白格子的大理石地板，也没有他原本期望见到的接待前台。也许这里发生了变化，但建筑规模也不对，好像那些童年记忆里的地方，随着时间的流逝缩小了。

奇怪的是，帕特里克拒绝改变他对殡仪馆的记忆。他发现，相比他重游此地时见到的真实景象，他在过去几年里渐渐构想出来的画面更令人信服。这幅画面与这幢令人失望的建筑里发生的事件更般配。他必须继续忠于自己在阐释上付出的努力，即他试图把四处散落的珠子串上去的那根细线。

连无意识的记忆也只是往事再次浮上心头，那是一些称得上往事的东西。因转瞬即逝而无法被称为往事的印象，提供不了意义。那次去纽约，他在一块维修道路的工地旁，看见一个红白相间的烟囱，向冷冽的天空喷吐着白雾。它含有怀旧的气息，意味深长，却将他置于一种朦胧而又强烈的状态中，不知道他是否想起了一部电影、一本书或他生活里的某个人物形象。同样在那段路途中，他不知不觉地走进他记得自己曾经下榻的一家肮脏邋遢的旅馆，结果却发现那里已不再是旅馆。他记得的东西都已不复存在。然而，他对重新粉刷过的大堂视而不见，继续想象戴着半月形领夹的意大利人指责他企图把他的女友娜塔莎当成妓女，想象狂热迷乱的墙纸上覆盖着乱涂乱画的红色线条，好像疲惫的眼睛里破裂的血管。

接受记忆的不真实已经到了令人不安的程度，并企盼这种不真实能够提供一个比原始现实所呈现的更丰满的真相，除此之外，他还能做什么呢?

在这幢位于拉考斯特的房子里，帕特里克度过了童年的大部分时光。现在，要不是还有那些植物藤蔓，它与肮脏的郊区房子看上去没什么两样。房子里的旧家具已经出售，废弃的水井也被填满封印。就连三只树蛙——在无花果树光滑的灰色树皮的衬托下，它们的皮肤呈现亮绿色，非常光滑——也已经不见了，不是被毒死了，就是被剥夺了繁殖的土壤。站在地面开裂的露台上，听着新建的高速公路上汽车呼啸而过的声音，帕特里克试图幻想那些过去常常从石灰岩峭壁的流动雾气里浮现出来的脸，可他们却坚决不肯露脸。壁虎依然会在天花板上和房顶屋檐下乍现，一种尚未解决的暴力所引发的微微颤抖总烦扰着假日的轻松氛围，就好像远处露台上一个调制杜松子酒的机器搅拌时的颤动。有些事情永远不会让他失望。

电话铃响了，帕特里克迅速接起，感激被打断。是约翰尼打来的，说他已经到了酒店，提议八点半在酒吧见面。帕特里克同意了，从他仓鼠转滚轮般的思绪里脱离出来，起身去关掉放洗澡水的龙头。

戴维·温德福洗完澡出来，面色红润，身体热乎乎的。他把自己塞进晚礼服的裤子里，如同把一层香肠外膜紧紧套在大腿上。汗珠不断从他的上唇和额头冒出来。他擦去汗，瞄了一眼镜子里的自己；虽然他看上去像一只高度紧张的河马，但他还是很满意。

他即将和辛迪·史密斯共进晚餐。她具有世界级的性感和光彩，但戴维没有被吓倒，因为他同样很有魅力，博学多才，而且可以说，还很英式。几个世纪以来，坎布里亚郡一带始终能感觉到温德福家族的影响力，在史密斯小姐跃上舞台之前就已经这样了。他一边安慰自己，一边把紧绷在身上的衬衫纽扣扣在他已经汗涔涔的脖子上。他妻子习惯给他买十七英寸半的领口，希望他能瘦下来，直到可以穿上它们。这种把戏令他气愤，以致他认定：她活该生病、不能出席派对和——如果进展顺利——遭到背叛。

他依然没有通知博辛顿-雷恩夫人自己将不出席她的晚宴。他下定决心——在他给自己勒上领结时——解决这件事情的最好办法是在派对上找到她，声称自己的汽车半路抛锚了。他只希望没人知道他在酒店里吃晚餐。他也许会试着利用这份担忧说服辛迪把晚餐放在他的房间里吃。他乐观地期待着。

是辛迪·史密斯住进了旅馆宣传册上印着的那间富丽堂皇的卧室。他们告诉她这是一个套房，但实际上只是一个半大的卧室，还没有独立的会客区域。这些英式老房子住起来非常不舒服。她只见过一张奇特利庄园的外观照片，看上去确实很大，但里面最好有地暖和数不清的私人卧室，否则她会在她成为独自拥有巨额财富的前格雷夫森德女爵的计划面前抬不起头来。

她有着长远的眼光，想着两三年之后的事情。外貌无法维持到永远，她也没准备好皈依宗教。金钱是一种好的妥协，立足于脂粉和不朽之间。此外，她喜欢索尼，是真的喜欢。他很可爱，不是指外表，上帝啊，真的不是，而是充满贵族气派的可爱，好像从电影里走出来的老派的可爱。

去年在巴黎，所有模特都跟着她回到她在洛蒂酒店的套房——那里有一个真正的套房——她们每个人，除了两三个临阵退缩的，都表演了假高潮。辛迪的表演被投票评选为“最佳假高潮”。她们把香槟酒瓶装作奥斯卡奖杯，她发表了领奖感言，感谢所有男人，没有他们，她不可能获奖。太糟糕了，她还提到了索尼。看得出来，她有多么想嫁给他。哎呀！

她喝得有点多，把她父亲也列入了致谢名单，这大概是个错误，因为其他女孩都沉默了下来，之后事情就变得没那么好笑了。

帕特里克比约翰尼早到楼下，在吧台上要了一杯巴黎水。两对中年夫妇聚坐在旁边的桌子上。吧台上还有一个人，一个穿着晚礼服、扮相过分华丽的男人，显然要去参加索尼的派对。他交叉双臂坐着，眼睛看着门口。

帕特里克拿着饮料，走进房间角落里一个墙上铺满书的凹间。他扫视书架，目光落在一本名为《失望男人的日记》的书卷上。接着看到旁边的第二卷，《失望男人的另一些日记》。最后是出自同一位作者的第三卷，《享受人生》。一个职业生涯有着如此华丽开场的人，最终竟然写出一本《享受人生》？帕特里克把这本令人作呕的书从书架上拿下来，翻开看到一句："诚然，一只海鸥的飞翔如同印第安山脉般壮丽！"

"诚然。"帕特里克喃喃自语。

"嗨！"

"你好，约翰尼，"帕特里克说，从书页上抬起头，"我刚找到一本名叫《享受人生》的书。"

"挺有意思。"约翰尼说着，在凹间的另一头坐下。

"我打算带回房间，放到明天读。它也许能够拯救我的人生。你听我说，快乐总在回避我们，我不明白为什么我们还会如此执着地追求快乐，明明还有其他那么多令人振奋的体验，比如愤怒、嫉妒、恶心，等等。"

"你不想快乐？"约翰尼问。

"好吧，如果你要这么理解。"帕特里克笑着说。

"实际上你和别人没什么两样。"

"别得寸进尺。"帕特里克提醒他。

“先生们，要在我们店里用餐（dining）吗？”一个服务生问。

“是的。”约翰尼回答。他接过菜单，递给帕特里克一份——帕特里克坐在凹间深处，服务生够不到的地方。

“我以为他问的是：‘要在我们店里丧生（dying）吗？’”帕特里克坦白地说。他将要向约翰尼吐露一个他保守了三十年的秘密，他因此感觉越来越紧张。

“也许他就是这么说的，”约翰尼说，“我们不是还没有看菜单嘛。”

“我猜‘那些年轻人’今晚会嗑药。”帕特里克叹了口气，扫视着菜单。

“摇头丸：不会上瘾的兴奋感。”约翰尼说。

“就算我是个老古董吧，”帕特里克怒气冲冲地说，“我不喜欢这种说法：不会上瘾的毒品。”

约翰尼沮丧地感到自己又被和帕特里克的老式打趣所吞没。这是一种他应该断绝的“老关系”，但他能做什么呢？帕特里克是一个很好的朋友，他想让他减轻些痛苦。

“你说我们为什么会如此满腹牢骚？”约翰尼边问边想着要一份烟熏三文鱼。

“我不知道，”帕特里克撒谎说，“我无法在洋葱汤和传统英式山羊奶酪沙拉之间做出选择。有位分析师曾经告诉我，我正在遭受一种‘抑郁之上的抑郁’所带来的痛苦。”

“好吧，至少你已经站在了第一个抑郁的上面。”约翰尼说着，合上了菜单。

“确实如此，”帕特里克微笑着说，“我不认为我们会比那个最大愿望是亲自给行刑队下命令的斯特拉堡叛徒好多少。天啊，看那个姑娘！”他喷涌出一阵兴奋，里面夹杂着悲哀。

“就是那个叫什么什么的女人，那个模特。”

“哦，是的，好吧，至少现在我对求之不得的性交还有点迷恋。”帕特里克说，“迷恋驱散抑郁：心理力学的第三条法则。”

“还有哪些法则？”

“人们厌恶被自己伤害过的人，人们鄙视不幸的受害者，以及……我会边吃晚餐边再想几条出来。”

“我并不鄙视不幸的受害者，”约翰尼说，“我只是害怕不幸会蔓延，但我不会偷偷认为那是活该。”

“你看她，”帕特里克说，“在那瓦伦蒂诺礼服围成的笼子里转来转去，渴望被放归她在大自然里的栖息地。”

“别激动，”约翰尼说，“她可能是个性冷淡。”

“就算是也无所谓，”帕特里克说，“我已经很久没做爱了，都不记得那是怎样的一种感觉了，只记得发生在脖子下方遥远的灰色地带。”

“不是灰色的。”

“你瞧，我刚才已经说了，我甚至不记得它看起来是什么样子的了，但我有时候认为，和我的身体保持一种并非基于疾病或成瘾的关系，会是一件不错的事情。”

“那工作和爱情呢？”约翰尼问。

“你很清楚，关于工作，我没什么好说的，”帕特里克用责备的口吻说，“但关于爱情，我的经验是，如果你激动地认为某人能够治愈你破碎的心，那么当你意识到他们不能时，你会感到愤怒。某种追求收益率最大化的想法慢慢潜入过程，曾经用来戳穿心脏的镶满宝石的匕首被换成了一把长久生钝的折叠式小刀。

“你曾经指望黛比治愈你破碎的心？”

“当然，但我们就好像轮流使用一块绷带的两个人。但我恐怕得承认，轮到她用的时间总是短暂得多。我永远不会责怪任何人，永远只会有凭有据地责怪我自己……”帕特里克停顿了一下，“让我难过的只是花了这么长时间去了解某些人，向他们解释你自己，结果这些知识却一点也没派上用场。”

“你是不是情愿悲伤也不愿苦涩？”约翰尼问。

“有那么一点，”帕特里克说，“过了一段时间之后我才感到苦涩。过去我们谈恋爱的时候，我总认为自己把事情看得很透彻。她一团糟，我也一团糟，但至少我知道自己是怎样的一团糟。”

“你可真了不起！”约翰尼说。

“没错，”帕特里克叹了口气，“人们总在事后才知道保守究竟是高尚还是愚蠢。大部分人不是后悔和某人待在一起时间太长，就是遗憾太轻易地失去了他们。我成功做到了在同一件事情上同时产生这两种感觉。”

“恭喜你。”约翰尼说。

帕特里克抬起双手，仿佛要让雷鸣般的掌声安静下来。

“那你为什么心碎呢？”约翰尼问。帕特里克毫无戒备的说话方式令他感觉异样。

“一些女人，”帕特里克无视他的问题，继续说道，“提供给你麻醉剂，或者——如果你够走运——一面镜子，让你能够边照镜子边笨手笨脚地在自己身上切开一道道口子。不过，大部分女人都把时间用来揭开你的旧伤疤。”帕特里克喝了一大口巴黎水，“听着，”他说，“有件事情我想告诉你。”

“先生们，餐桌已经准备就绪，”服务生热情洋溢地说，“请跟我去餐厅。”

约翰尼和帕特里克站起身，跟着他来到一间餐厅，里面铺着褐色地毯，装饰画上有阳光下的鲑鱼和乡绅地主太太们的肖像，每张桌子上都闪烁着一支粉色蜡烛的火苗。

帕特里克松了松他的领结，解开衬衫最上方的纽扣。他怎么能告诉约翰尼？他怎么能告诉任何人？但如果谁都不告诉，他会一直无休止地对自己感到疏离和分裂。他知道在表面上看来桀骜不驯的代表未来的高草丛下，恐惧和成瘾的铁轨已经铺下。突然间令他身上的每个细胞都无法忍受的，是去践行他的过往为他设下的命运，顺从地沿着那些铁轨滑动，苦涩地凝视着他情愿选择的所有其他道路。

但他能如何措辞？他这一辈子都在用措辞分散人们对他笨口拙舌的注意力，他无法言说的情感，现在他不得不用措辞去描述。它们如何才能避免嘈杂和失礼，就好像孩子们在一个濒死者卧室床下的笑声？他是否更愿意对一个女人坦白，被她母亲般的温柔所吞没，或者被性爱的疯狂烤焦？是的，是的，是的。或者一位精神病医生，他忍不住想要对他献出这一切，虽然他已经足够频繁地抵制住了这种诱惑。或者他母亲，那位杰利比太太[1]，她透过望远镜做慈善，拯救了大量的埃塞俄比亚

1 狄更斯小说《荒凉山庄》里的人物。她关心遥远的非洲事务，却把自己的家庭弄得一团糟。

孤儿，但她自己的孩子却跌入了火坑。帕特里克想讲给一个不用付钱的人听，不用钱，不用性，也不用责怪，只是另一个人而已。也许他应该讲给服务生听：至少不会再见到他。

“有件事情我必须告诉你。”他又重复了一遍，在他们坐下点了菜之后。约翰尼充满期待地停了下来，放下手里的水杯，因为他的直觉告诉他，在接下来的几分钟里最好不要吞咽或咀嚼。

“并不是因为我感到尴尬，”帕特里克喃喃自语，“只是因为我不想让一些实际上无法期待你能帮上任何忙的事情给你增添负担。”

“说吧。”约翰尼说。

“我记得我曾经跟你讲过我父母离婚、酗酒、暴力和不负责任……那些其实都不是重点。我一直回避着没有说的是，我五岁那年——”

“上菜了，先生们。”服务生兴致勃勃地端来了第一道菜。

“谢谢，”约翰尼说，“继续说吧。”

帕特里克等待服务生离开。他必须说得越简洁越好。

“我五岁那年，我父亲——照我们现今流行的说法——‘虐待’了我。”帕特里克突然陷入沉默，无法继续他之前费力做到的漫不经心。他这辈子总不断弹开的记忆的弹簧刀又再次出现，让他陷入沉默。

“你说的‘虐待’是指什么？”约翰尼不太肯定地问道，但就在他提出这个问题的同时，答案不知怎么地变得显而易见。

“我……”帕特里克没能说下去。印着蓝色凤凰的皱巴巴的床单，他脊柱底部的一摊冰凉的黏液，从瓷砖上突然的逃离。这是一些他还没准备好谈论的记忆。

他拿起叉子，谨慎而又用力地叉着他手腕的内侧，企图让自己回到当下，回到他正在忽视的对话的义务。

“是指……”他叹了口气，被回忆搅得头晕目眩。

在见过帕特里克以他的方式顺利地度过每一次危机之后，约翰尼为他此刻说不出话来而感到震惊，发现他眼睛里噙着泪花。“我很抱歉。”他轻声说道。

“没有人可以对其他任何人做出这种事情。”帕特里克说，几乎是在窃窃私语。

“你们对一切都还满意吗，二位先生？”轻松愉快的服务生问道。

“听着，你能不能让我们单独待上五分钟、谈上几句话？”帕特里克呵斥道，他突然又能发出声音了。

“对不起，先生。”服务生假惺惺地说。

“真受不了这该死的音乐。”帕特里克挑衅地环顾餐厅，轻柔的肖邦一如往常在耳畔若隐若现。

“他们为什么不把这该死的声音关掉，或者再开响一些？”他吼叫道，“我说的虐待是指什么？”他挑衅地补充道，“是指性虐待。”

“天啊，对不起，”约翰尼说，“我以前总想知道你为什么那么恨你父亲。”

“好了，那现在你知道了。第一次发生是以惩罚为借口。这包含着某种卡夫卡式的魔咒：罪行始终未被命名，因此变得极其普遍和强大。”

“不止一次？”约翰尼问。

“是的，是的。”帕特里克立刻回答。

“真是个混蛋。”约翰尼说。

“那是我说了好多年的话，”帕特里克说，“但现在我已经恨他恨得心力交瘁。我无法再继续了。仇恨将我与那些事情捆绑在一起，我不想再当一个孩子了。”帕特里克又回到了自负的状态，凭借自己对分析和推断的迷恋，从沉默中解脱出来。

“你的世界肯定因此分裂成了两半。”约翰尼说。

帕特里克被这句评语的精准惊呆了。

“是的。是的，我想正是那样。你怎么知道？”

“显而易见。”

“听到别人说它显而易见，我感觉有点怪怪的，因为对我而言，它始终如此神秘和复杂。”帕特里克停顿了一下。他感觉虽然他正在谈论的问题对他而言意义重大，但是问题的核心难以捉摸，他丝毫没能击中。他的智慧只能用来发现更多的区别，或将这些区别定义得更清楚。

“我总以为真相能给我自由，”他说，“但没想到真相其实会把你逼疯。”

“说出真相也许能给你自由。”

“也许，但自我认知本身是没有用的。”

“这么说吧，它能够让你在经历痛苦后认清自己。”约翰尼争辩道。

“哦，是，这种好事我绝对不会错过的。”

“到最后，也许唯一能够缓解痛苦的方法，是更超然于你自己，同时更依赖于别的什么东西。”约翰尼说。

“你是在建议我培养一个兴趣爱好吗？”帕特里克笑了，“编织竹篮或者缝纫邮袋？”

“好吧，实际上，我正在想方设法专门避开那两种职业。”约翰尼说。

“但如果我从苦涩难受的心理状态中解脱出来，”帕特里克抗议说，“我还剩下什么？”

“没剩下什么，”约翰尼承认说，“但你可以想一些别的东西作为填补。”

“你搞得我头昏脑涨……很奇怪，昨晚我看《一报还一报》时听到“慈悲”一词，便想到可能存在一种状态，既不苦涩也不虚假，一种超越争论的东西。但就算存在这种状态，我也无法抓住它；我只知道我已经厌倦了这些钢刷在我的脑壳里转来转去。”

两个男人都沉默了下来，服务生安静地清理着他们的餐盘。帕特里克感到困惑：告诉另一个人他生命中最可耻、最隐秘的真相竟能如此容易。同时，他也感到失望：他并没有体会到坦白所引发的情感宣泄。他的“父亲”已经变成了代表他自身一系列心理问题的符号，他已经忘记了这个真实存在过的男人，他灰色的鬈发、喘息的胸腔和高傲的脸庞，在生命的最后几年里，他如此笨拙地费尽全力，想讨好他曾经背叛过的人。

埃莉诺终于鼓足勇气离婚，戴维从此开始堕落。他就像一个失魂落魄的施虐者，他的受害者已经死亡，他咒骂自己没有把握好残忍的节奏，罪恶感和顾影自怜争相控制他的情绪。戴维因帕特里克的反抗而更加沮丧，后者在八岁那年，受他父母分居的鼓舞，拒绝屈服于他父亲的性侵。帕特里克从玩物到人的转变令他父亲感到震惊，他意识到帕特里克肯定已经明白了别人对他做了什么。

在那段艰难的日子里，戴维去阿格妮丝修女那里拜访尼古拉斯·普拉特。普拉特刚经历了第四次失败的婚姻，随后又接受了一场痛苦的肠道手术，正在那里休养。深受离婚后的暗淡前景打击的戴维，看到尼古拉斯躺在床上，喝着由他几个忠实的朋友走私来的香槟，极其乐意好好说上几句关于男人永远不该相信任何该死的女人的话题。

“我想找人为我设计一座堡垒，”戴维说，埃莉诺建议他在拉考斯特与她自己的房子近在咫尺的地方造一座小屋，“我再也不想伸出脑袋去看这个该死的世界了！”

“完全理解，”尼古拉斯含糊不清地说，手术后的神志不清使他的口齿变得不但厚重而且断断续续，“该死的人类是这该死的世界里唯一的问题，”他说，“能不能把那张信纸递给我？”

戴维在房间里踱来踱去，故意用抽烟违反医院的规定。与此同时，尼古拉斯——这个人热衷于用他业余的制图技巧令朋友刮目相看——画了一幅能够让戴维仇视人类的欲望得到极大满足的草图。

“把那些浑蛋挡在外面。”他说着，完成了绘制，把图纸扔到床单另一头。

戴维拿起图纸，只见上面有一幢五边形的房子，外墙上没有窗。在一个中央庭院里，尼古拉斯极富诗意地种上一些柏树，它们在低低的屋檐上方闪烁着光芒，好像黑色的焰火。

拿到这张图纸的建筑设计师觉得戴维可怜，便在会客厅的外墙上加了一扇窗。戴维紧紧地拉上百叶窗，把几份《纽约时报》嘎吱嘎吱地塞进缝隙，咒骂自己没有在第一次登门拜访那位建筑师时就把他开除掉，那是在他位于艾克斯附近的一幢被灾难般地改造过的农舍里，带有一个被水藻堵塞了的游泳池。他用报纸塞住窗户，又用厚厚的黑胶带封住，这种胶带颇受那些想干净利落地吸入煤气中毒身亡的人的欢迎。最后，窗户上的窗帘也被放下来，只会非常偶尔地被一些来访者拉开，而他们随即能从戴维的怒气中意识到自己犯了错。

柏树从来没有枝繁叶茂，扭曲的树干和灰色脱落的树皮呈现出一副痛苦纠结的模样，仿佛是对尼古拉斯的高贵姿态的拙劣模仿。尼古拉斯他自己，在设计这幢房子后，由于事务缠身，从未应邀登门拜访。“最近和戴维·梅尔罗斯待在一起已经没什么乐趣了。”他告诉在伦敦的人们。这是以一种礼貌的方式描述戴维逐渐恶化的精神疾病。他每晚从自己的噩梦中尖叫着醒来。他几乎连续七年躺在床上，穿着那几套如今肘部已经磨破的黄白相间的法兰绒睡衣。那是他唯一从他父亲那里继承的东西，这还要感谢他母亲的慷慨干涉，是她拒绝看到他两手空空地离开葬礼。最让他兴致勃勃的是抽雪茄，那是他父亲最初鼓励他养成的习惯，也是他让帕特里克继承的习惯，连同其他诸多陋习，好像咳咳喘喘的一代人将接力棒猛塞给下一代。每次戴维离开房子，都会穿得像个流浪汉，在马赛市郊的一些大型超市里自言自语。到了冬天，有时候他会戴着深色墨镜在房子里到处转悠，身上搭着一件日式系带晨衣，抓着一杯茴香酒，反反复复确认暖气是否已经关上，以确保没有浪费半分钱。蔑视将他从彻底疯狂的边缘拉回来，又将他推向几乎彻底的疯狂。摆脱沮丧之后，他成了个鬼魂，不见好转，反而变本加厉，企图引诱人们留在这幢为抵挡不可能发生的闯入而设计的房子里。

帕特里克少年时住在这幢房子里。他坐在庭院，将橄榄石投向屋顶，这样做至少可以让它们获得自由。他与父亲的争吵——或者说，更像他跟自己没完没了的争吵——到了一个关键的时刻：帕特里克对戴维说的话，比戴维之前对他说的，本质上侮辱得更凶。戴维意识到，在儿子越来越快地野蛮生长的同时，他也在变得迟缓和虚弱。他把手伸进口袋，拿出心脏病药瓶，将药片抖入他饱受风湿病折磨的手，用悲伤的口吻低声说：“你不该对你的老父亲说那种话。”

帕特里克胜利的喜悦被一种充满罪恶感的确信——他父亲即将死于心脏病——所败坏。但他们的地位关系随后还是发生了变化，尤其是帕特里克从此能够以他微薄的收入使他被剥夺了继承权的父亲卑躬屈膝。他用钱来轻贱他，就跟埃莉诺当年曾经用她的钱来轻贱他一样。那些年里，帕特里克的恐惧很大程度上被怜悯以及与他“可怜的父亲”共同生活的无聊所遮蔽。有时候他梦想他俩能进行一次推心置腹的谈话，但每次只要在父亲身边待上一小会儿，他就会明白，这种事情永远不会发生。但帕特里克还是感觉到有件事情消失了，某件他对自己都不愿承认的事情，更别提告诉约翰尼了。

为了尊重帕特里克的沉默，约翰尼自顾自地吃掉了大半只用玉米养大的鸡，直到帕特里克再次开口说话。

“那么，对于一个强奸自己孩子的男人，我们应该说什么才好呢？”

“我想，如果你把他看成病态，而不是邪恶，会比较有帮助。”约翰尼无力地建议道，“我无法接受这种事情，”他补充说，“实在太恶心了。”

“我已经试过你建议的方法了，”帕特里克说，“但邪恶如果不是一种自我肯定的病态，又能是什么呢？我父亲在他还掌握着权力的时候，没有表现出任何懊悔或克制；在变得孤苦伶仃的时候，也只表现出蔑视和病态。

“也许你可以把他的行为视作邪恶，而把他这个人视作病态。也许一个人不能谴责另一个人，而只能谴责他们的行为……”约翰尼犹豫了一下，不情愿地当起了辩护人的角色，“也许他无法阻止自己，就好像你无法阻止自己吸毒。”

“也许，也许，也许。”帕特里克说，“但我吸毒并没有伤害任何人。”

“真的？黛比呢？”

“她是个成年人，她可以选择。我确实给过她一段艰难的时光，”帕特里克承认说，“我不知道，我想跟她协商出一个随便什么样的停战方式，但我意外遭遇到一种不容协商的愤怒。”帕特里克把盘子推开，点了一支烟，“我不想吃布丁，你吃吗？”

“不吃，我只要咖啡。”

“请给我们两杯咖啡，”帕特里克对服务生说，服务生夸张地紧抿着双唇，“对不起，我刚才对你大吼大叫，是因为我正在努力说出某件非常棘手的事情。”

“我也只是在努力完成我的工作。”服务生说。

“当然是这样。”帕特里克说。

“你觉得有没有什么办法可以原谅他？”约翰尼问。

“哦，有的，”服务生说，“其实也不至于那么坏。”

“不，我不是指你。”约翰尼笑了。

“抱歉，我多嘴了。”服务生说着，离开桌子去端咖啡。

“我是指你父亲。”

“好吧，如果那个古怪的服务生肯原谅我，谁知道这种赦免会引发怎样的连锁反应呢？”帕特里克说，“但无论复仇还是原谅，都无法改变已经发生的事实。它们都只是穿插的表演，相比之下，原谅更不讨巧，因为它代表了与迫害者的一种合作。我认为那些被钉上十字架的人心中至高无上的事情原本并不是原谅，直到耶稣——他即使不是第一个有基督情结的人，也是在这方面最成功的一个人——飘然而至。那些喜欢施暴的人简直不敢相信自己的好运气，他们开始大肆宣扬迷信，告诉受害者只有原谅才能获得内心的平静。”

“你不认为这也许是一种深奥的精神真相？”约翰尼问。

帕特里克鼓起腮帮子：“我认为有可能是，但在我看来，原谅他人意在表现精神上的居高临下，实际上反映出一种心理优势，即你是上帝之子。”

“那么你要怎样获得自由？”约翰尼问。

“我怎么知道？”帕特里克说，“很明显我不知道，否则我根本不会告诉你这些。我想说出真相也许会带来些帮助。我只是刚开始尝试，也许等到你对反复讲述心生厌倦，你会迎来一个时点，那个时点与你的‘自由’相接。”

“所以，你要做的不是原谅，而是尝试着把它说出来？”

“是的，叙述疲劳是我正在追求的。如果谈话治疗是我们的现代宗教，那么叙述疲劳一定是它的极致表现。”帕特里克文绉绉地说。

“但了解真相少不了对你父亲的理解。”

“我再理解我父亲不过了，但我依然不喜欢他的所作所为。”

“你当然不喜欢。无以形容，除了‘真是个浑蛋’。我只是想摸索出另一种可选方案，因为你说仇恨令你筋疲力尽。”

“是这样的，但在此刻，我无法想象其他任何形式的自由，除了彻底的漠不关心。”

“或者是超然，”约翰尼说，“我认为你永远做不到漠不关心。”

“是的，超然，”帕特里克说，他不在乎自己的语汇在这种场合被纠正，“漠不关心只是听起来更酷些。”

两个男人喝着咖啡，约翰尼感觉话题已经远离了帕特里克一开始吐露的那件事，不方便再回过头问他“到底发生了什么”。

在帕特里克看来，他怀疑自己已经脱离了他人生经历的土壤——黄蜂依然啃噬着枝叶四散的无花果树，而他愤怒地低头盯着自己五岁的脑袋——为了避开一种甚至比坦白所带来的难堪扎根更深的不适感。他想象的根在异教活跃的南方，在他父亲身上引发不合时宜的思想解放。然而，争论不知何故依然留在科茨沃尔德，英格兰粗糙的榆树鬼魂在头顶悬荡。做一个大气威严的手势并说：“这个蠢陋的东西我承认是我的。”[1]——这种机会已经不知何故逐渐变成了道德辩论。

“谢谢你告诉我这些。”约翰尼说。

“别搞得跟个加利福尼亚人似的。我肯定这只会是个负担。”

“你也别搞得那么英式，”约翰尼说，“我感到荣幸。任何时候你想讲讲这件事，我都洗耳恭听。”

片刻间，帕特里克感觉不再充满敌意，只剩下无尽的哀伤。“现在就去参加那个恶心的派对？”

他们一起走出餐厅，经过戴维·温德福和辛迪·史密斯的

---

1 出自莎士比亚晚期创作的戏剧《暴风雨》。

身边。

“汇率发生了始料未及的大幅波动，”戴维正在解释，“每个人都焦虑得发疯，除了我。我之所以能保持镇定，是因为那天我和索尼一起在他的俱乐部里吃午餐时喝得烂醉如泥。收盘时我因为什么都没做而赚得盆满钵满，其他人却都被狠狠地敲诈了一笔。我老板气得脸都绿了。”

“你跟老板相处得好吗？”辛迪完全漫不经心地问。

“当然了，”戴维说，“你们美国人称之为‘内部社交’，而我们只把它叫做得体的举止。”

“哟。”辛迪说。

“我们最好各自开车去，”帕特里克在和约翰尼并肩穿过酒吧时说，“我可能会想早一点出发。”

“好，”约翰尼说，“那么在那儿见。”

第八章

索尼的私人社交圈——派对前在奇特利吃晚餐的四十位客人——正在一间充满亚洲风情的房间里走来走去。在玛格丽特公主决定入座前，他们都只能站着。

“你信仰上帝吗，尼古拉斯？”布丽吉特用这个问题把尼古拉斯·普拉特拉进她和玛格丽特公主的谈话中。

尼古拉斯厌倦地翻了翻眼珠子，就好像听到又有人试着重提一件陈芝麻烂谷子的风流韵事。

“亲爱的，我好奇的是他是否依然信仰**我们**？或者我们是否让这位超凡脱俗的导师陷入了精神崩溃？无论何种情况，我认为正如比贝斯科[1]所说：‘对一个洞明世事的人而言，整个宇宙都只是郊区。’”

“我不喜欢你朋友比贝斯科说的这句话，”玛格丽特公主

1 指伊丽莎白·比贝斯科（Elizabeth Bibescos, 1897—1945），作家兼社会活动家，英国首相 H. H. 阿斯奎斯之女，1919 年嫁给作为驻伦敦外交官的罗马尼亚王子安东尼·比贝斯科。

皱了皱鼻子说，“宇宙怎么可能是郊区？太愚蠢了。”

“夫人，我想她的意思是，”尼古拉斯回答说，“最重大的问题往往是最无关紧要的，因为它们没有答案。而那些看似无关紧要的问题，比如晚宴的座位安排，”他举例的同时，朝着布丽吉特挑了一下眉毛，“反而最令人着迷。”

“人们真可笑，不是吗？我不觉得晚宴的座位安排有任何迷人之处，”公主撒谎说，“另外，如你所知，”她继续说，“我姐姐[1]是英格兰教会的最高统治者，所以我不喜欢听到无神论的观点。人们自以为很聪明，但实际上只反映出他们不够谦虚谨慎。”公主的反驳让尼古拉斯和布丽吉特说不出话来，她将杯子里的威士忌一饮而尽。“听说有些现象正愈演愈烈。”她意味深长地说。

“您指什么，夫人？”尼古拉斯问。

“虐待儿童，”公主说，“上周末我出席了一场为全国防止虐待儿童协会举办的音乐会，他们告诉我说这种现象正愈演愈烈。”

“也许是因为如今人们越来越不在乎家丑外扬，”尼古拉斯说，“说实话，我认为，比起各种各样针对虐童的大惊小怪

1 指英国女王。

的言论，这种趋势才更令人担忧。儿童也许并没有意识到什么是被虐待，直到他们每晚不得不在电视上看到这些。我相信在美国，那些孩子已经开始起诉父母没有认真抚养他们。”

“真的？”公主咯咯笑了起来，“我一定要告诉妈妈，她肯定会被迷住的。”

尼古拉斯噗嗤一声笑了出来：“但说真的，夫人，我担心的不完全是虐待儿童，而是如今人们对儿童的娇惯已经到了骇人听闻的地步。”

“糟透了，不是吗？”公主倒吸一口气说，“我看到越来越多的孩子毫无教养，非常可怕。”

“真是恐怖。”尼古拉斯确认说。

“但我认为全国防止虐待儿童协会讨论的并不是我们的社会，”公主说，慷慨地把从她身上散发出来的一圈光芒转移到尼古拉斯身上，“它实际上反映的是某些理想的无知和空洞。他们认为可以通过砸钱解决所有问题，但这显然是行不通的。过去人们确实没什么钱，但他们很幸福，因为他们住在一个真正的社区里。我母亲说她曾在大轰炸期间探访伦敦东区，当时她在那里遇到很多真正有自尊的人，在整个外交部你都别指望能找到那么多。”

“关于漂亮女人，我发现，”彼得·波洛克对罗宾·帕克说，他俩正朝着餐厅慢慢走去，“一个人在等待了若干年后，漂亮女人会突然蜂拥而至，就像公交车一样。我不是说除了在华盛顿参观英国历史遗产那次之外，我还等过别的什么公交车。你还记得那次吗？”

“记得，当然记得，”罗宾·帕克说，他的眼神在他厚厚的眼镜片后面，时而专注，时而涣散，就好像一条淡蓝色金鱼游进游出，“他们为我们租了一辆伦敦双层巴士。”

“有些人说这等于‘把煤炭运往纽卡斯尔’[1]，”彼得说，“但我非常乐意去看看这些年我错过的东西。”

托尼·福尔斯满脑子都是既有趣又轻浮的想法。比如说，歌剧院里有一些包厢，你在里面能听到音乐，但看不见表演。他说应该造一种隔音包厢，你在里面既听不到音乐，也看不到表演，只能用炯炯有神的双眼盯着包厢里的其他人。

公主欢快地笑了起来。托尼挖空心思之下的愚蠢令她放松。可惜他们很快就被分开，公主被安排坐在餐桌的另一头，索尼的身边。

---

1 英语谚语。纽卡斯尔是英国的“煤炭之都”，所以这句话意指“多此一举”。

“一场私人派对最理想的来宾数量，”杰克·德·阿朗杜说着，竖起一根明察秋毫的食指，“不能比女神少，也不能比缪斯多！[1]然而这次，”他说着，伸出他的双手，闭上眼睛，做出一副对语言无法精准表达他的想法而感到失望的样子，“这次绝对与众不同。”

眼见着这张为招待四十位宾客而布置的餐桌，大使比任何人都更习以为常。布丽吉特一边对着他灿烂地笑了笑，一边绞尽脑汁地想到底有多少个缪斯。

“你有政治立场吗？”玛格丽特公主问索尼。

“我是保守党，夫人。”索尼骄傲地说。

“如我所料。你参与政治活动吗？在我看来，我不在乎谁执政，只要他干得好。我们应该不惜一切代价避开的是那些像雨刷一样的人：左摇，右摆，左摇，右摆。”

索尼一想到政治雨刷，毫不掩饰地大笑起来。

“我恐怕只参与了当地层面上的政治活动，夫人，”他回答，“小索丁顿支部之类的机构，我正在做的是确保这地方不会到处都被铺上人行小路。人们似乎认为，乡下只是一个为上

---

1 希腊神话中，有3位美惠女神，分别代表妩媚、优雅和美丽；另有9位缪斯，主司艺术与科学。所以这句话的意思是，来宾数量不能少于3人，但也不能多于9人。出自公元前古罗马学者和作家马库斯·特伦提乌斯·瓦罗之口。

人建造的大型公园，他们可以把糖纸随手扔在里面。然而，我们住在这里的人对此却有着截然不同的看法。”

“确实需要有人负责关注当地层面上的事情，”玛格丽特公主安慰他说，“很多曾经人迹罕至、风景优美的地方现在都已经被毁掉了，人们总是事后才意识到这一点，开车经过时会想：这里一定曾经非常漂亮。”

“夫人，您说得完全正确。”索尼表示同意。

“这是鹿肉吗？”公主问，“浇上这种浑浊的酱汁后很难辨认。”

“是的，是鹿肉，”索尼紧张地说，“我为这酱汁感到万分抱歉。如您所言，恶心至极。”他还记得自己与公主的私人秘书确认过她喜欢鹿肉。

她把盘子推开，拿起打火机。“里士满公园[1]会给我送鹿肉，”她沾沾自喜地说，“你一定要让自己上那个名单。女王对我说：‘把你自己列在名单上。’我便照做了。”

“非常明智，夫人。”索尼谄媚地说。

“鹿肉是我唯一真不喜欢的肉类。”杰克·德·阿朗杜对

1 伦敦最大的皇家公园，以园内草原上散养的大量赤鹿和黇鹿而闻名。

卡罗琳·波洛克承认说，“但我不想引起外交事故，所以……”他把一块肉扔进嘴里，并做出一副戏剧般夸张的殉难表情，这表情后来被卡罗琳形容为“有点过了”。

“味道怎么样？这是鹿肉。”玛格丽特公主身体微微倾斜，凑近她右手边的德·阿朗杜先生。

“夫人，说实话，绝对是好东西，”大使说，“我不知道在您的国家里还能找出这么好吃的东西。这酱汁相当微妙。”他眯起眼睛，做出一副微妙的表情。

公主没有计较他对酱汁的评论，因为听到英格兰被称为“您的国家”，她感到心满意足。她认为这种说法证实了她的想法：这个国家，虽然不是在法律上，但也是在某种更深远的意义上，属于她的家族。

对于古老快活的英格兰出产的鹿肉，大使迫不及待地摆出一副喜爱之情。他以表示欣赏的夸张姿势提起叉子，结果把几滴亮晶晶的酱汁甩在了公主蓝色纱裙的前片上。

“我诚惶诚恐地向您表达歉意！”他大叫道，感觉自己正站在触发外交事故的边缘。

公主紧抿着双唇，嘴角下垂，什么也没说。她把她刚卷了一支烟的烟嘴放下，用手指捏起餐巾，递给德·阿朗杜先生。

“擦！”她说，语言简洁得可怕。

大使往后推开椅子，顺从地低身跪下，把餐巾的一角在他的水杯里沾了沾。大使擦着裙子上的酱汁污渍，而公主点上一支烟，转向索尼。

“我想，这酱汁只要还在我的盘子里，我就不应该再讨厌它了。”她狡黠地说。

“这酱汁是个彻底的失败，”索尼说，此刻他的脸由于涌上过多的血液而呈现出栗色，“我怎么道歉都无法弥补，夫人。”

“你没必要道歉。”她说。

杰奎琳·德·阿朗杜担心她丈夫做出有损于法兰西尊严的事情，便站起身，绕着桌子走了过来。一半宾客假装没注意到眼前正在发生的事情，而另一半都懒得假装一下。

“玛格丽特公主令我很欣赏的一点，”尼古拉斯·普拉特说，他坐在餐桌另一头，布丽吉特的左边，“是她总有办法让每个人都感到轻松自在。”

坐在布丽吉特另一边的乔治·沃特福德决定无视普拉特的打断，继续试着给他的女主人解释社会福祉的目标。

“我认为社会福祉没起到一点作用，”他悲哀地说，“我们没有任何共同财富，只有共同贫穷。但还是给女王带来了一些乐趣。”他补充说道，朝下瞥了一眼餐桌旁的玛格丽特公主，“仅凭这一点，就有足够的理由保留它。”

杰奎琳依然不清楚究竟发生了什么。她很惊讶地看到她丈夫在桌子底下埋得更深，更疯狂地擦拭着公主的裙子。

“你彻底疯啦！”杰奎琳压低嗓音说。汗流浃背的大使，好像奥吉斯国王的牛舍[1]里忙碌的牛倌，顾不上抬头看。

“我犯了不可原谅的错误！”他解释说，“我把这美妙绝蠢（wonder-fool）的酱汁弄在了公主殿下的裙子上。”

“啊，夫人，”杰奎琳以女人之间打交道的姿态对公主说，“他笨手笨脚的！让我来帮您。”

“我很高兴由你丈夫来做，”公主说，“是他泼上去的，就得由他擦掉！实际上，大家也许已经发现，他要不是入错行，早该在干洗业做出一番大事业了。”她不怀好意地说。

“夫人，请务必允许我们赔您一条新裙子，”杰奎琳克制着说，她感觉自己手指上的利爪正在往外冒，“起来吧，杰克，可以了！”她笑着说。

“这里还有一点。”玛格丽特公主颐指气使地说。她指着她大腿上缘的一块小污渍。

大使犹豫了一下。

“继续擦，把它擦掉！”

---

1 相传饲养牛三千头，三十年不清理，肮脏至极。

杰克又将餐巾的一角在他的水杯里沾了沾，以飞速来回擦拭的方式向污渍发起进攻。

“啊，不，绝对让人无法忍受。”杰奎琳厉声责骂。

“让人‘无法忍受’的，”玛格丽特公主用带鼻音的法语说，“应该是被泼上这恶心的酱汁。你丈夫是圣詹姆士宫廷委任的法国大使，你应该没忘记吧？”她说，好像意思是指，在某种程度上这就等于她的贴身仆人。

杰奎琳草草地行了一个屈膝礼，接着走回她的座位，但只是去抓起她的包，大步走出房间。

此刻，餐桌上一片沉默。

“哦，沉默，”玛格丽特公主宣布说，“我不喜欢沉默。如果诺埃尔在场，”她说着转向索尼，“他会让大家笑个不停。”

“夫人，您是说诺尔？”索尼问。他已经吓瘫，脑子里一片混乱。

“我是指柯沃德[1]，你个傻瓜，”公主回答，“他能让人一连笑上好几个小时。只有他能让我笑。”她若有所思地吸了一口烟，“一个我真心怀念的人。”

---

1 指诺埃尔·柯沃德爵士（Sir Noel Peirce Coward，1899—1973），英国剧作家、演员、歌曲唱作人，以充满哲思的喜剧作品而闻名。

索尼本来已经为桌上的鹿肉而感到羞愧，现在又为诺埃尔没来参加晚宴而感到恼火。就连诺埃尔已经死了好多年的事实也没能减轻他的挫败感。要不是公主帮他解围，他肯定会郁闷得说不出话来。此时公主发现自己心情大好，她主张了自己的尊严，并以如此引人注目的方式明确了她是这个房间里最重要的人。

“索尼，不知道我有没有记错，”她闲聊起来，“你是有孩子的，对吗？”

“是的，夫人，确实如此，我有个女儿。”

“她几岁了？”公主兴致盎然地问。

“虽然不敢相信，”索尼说，“但她今年确实已经有七岁了。过不了几年，她就会到了爱穿蓝色牛仔裤的年纪。”他黯然神伤地补充道。

“哦，”公主嘟哝了一声，脸部肌肉几乎不费力地收缩了一下，露出不愉快的表情，“那种衣服很可怕，不是吗？一种全都差不多的衣服，又粗又硬。我真不明白，为什么有些人想让自己穿得和别人一模一样。我知道我可不想这样。”

“一点没错，夫人。”索尼说。

公主继续透露说：“当年，我的几个孩子到了那个年纪时，我对他们说：‘看在上帝的分上，别穿那些恶心的蓝色牛仔裤。’他们便很明智地出门给自己买了几条绿色裤子。”

五分钟后，杰奎琳回来了。她希望人们认为她离开只是去实践某位现代礼仪女专家的叮嘱：“某些身体功能最好在私下解决。”而实际上，她刚才一直在她的房间里疯狂地踱来踱去，直到最后不情愿地得出一个结论：显得轻浮终究没有表示愤慨那么有失颜面。她也知道她丈夫最害怕的、在整个职业生涯中始终灵巧地避开的，就是外交事故。她仓促地补上一些新鲜口红，然后又轻飘飘地回到餐厅。

看到杰奎琳回来，索尼又是一阵焦虑。但公主完全无视她的存在，开始讲她关于“这个国家的普通民众”的诸多故事中的一个。她一方面完全忽视民生，另一面又深信民众对王室的忠诚——两者的结合，令她对民众抱有“巨大的信心”。

“我坐过一次出租车。”她说，她用语气暗示索尼应该为她的大胆表示惊讶。而索尼恪尽职守地扬起眉毛，露出一副他希望是惊讶和赞赏相结合的得体的表情。“托尼对司机说：‘送我们去皇家花园酒店。’你知道，那个酒店就在我们的皇宫车道的尽头。那位司机回答说——”公主即将说出一句妙语，她身体前倾，脑袋微微一动，用一种会让中国人误以为是伦敦东区土音的口音说，“——我知道她住在哪里。”她对着索尼咧嘴一笑，“他们是不是一群优秀的民众？”她大声叫道，“是不是一群了不起的民众？”

索尼脑袋往后一仰，不加掩饰地大笑起来：“夫人，这是一个多么精彩的故事！”他倒吸一口气说，“一群多么了不起的民众！”

公主坐在椅子上，满意地往后一靠；她让招待她的男主人神魂颠倒，将这个夜晚点石成金。至于在她另一边的笨拙的法国人，她并不打算轻易放过。毕竟，在女王的妹妹面前犯错可不是一桩小事。宪法本身基于对王冠的尊敬，所以这是她的职责（哦，她有时候多么希望自己能袖手旁观啊！多么希望——她有时也是这么做的——能更严厉地训斥那些认为她一本正经的人啊！）。是的，维持这份尊敬是她的**职责**。这是她为那些被别人愚蠢地视为她了不起的特权的东西所必须付出的代价。

在她身边，大使看似进入了某种出神的状态；但在呆若木鸡的表面下，他其实正以专业公文写手的流畅度，撰写着提交给奥赛码头[1]的报告。法兰西的荣耀并未被他小小的礼仪上的失误所毁灭。他已经将一次尴尬的事故转化为一场充满英勇和智慧的胜利表演。想到这里，大使停了下来，开始编造一些他在事发时可能会说的俏皮话。

1　法国外交部所在地。

阿朗杜陷入了沉思，这时餐厅的门被慢慢打开。贝琳达光着脚，穿着一件白色的睡袍，透过门缝往餐厅里看。

“哦，看，有个睡不着的小家伙。”尼古拉斯压低嗓子说。

布丽吉特转过身来，看见她女儿眼巴巴地望着房间里面。

“那是谁？”公主问索尼。

“夫人，恐怕是我女儿。”索尼瞪着布丽吉特回答说。

“还没睡？她应该在床上。去，立刻把她塞进被窝。”她厉声说道。

她说“塞进被窝”的语气，让索尼瞬间忘记了自己符合王室规范的温文尔雅，对女儿产生了一种保护欲。他又对布丽吉特使了个眼色，但这时贝琳达已经走进房间，来到她母亲身边。

“你怎么还没睡，宝贝？”布丽吉特问。

“我睡不着，”贝琳达说，“我觉得很孤独，因为大家都在这里。”

“但这是一场为大人准备的晚宴。”

“哪一位是玛格丽特公主？”贝琳达问，不顾她母亲的解释。

“为什么不让你妈妈把你引见给她呢？”尼古拉斯精明老练地说，“然后你就可以像个乖女孩一样的上床睡觉了。”

“好吧，”贝琳达说，“会不会有人给我念个故事？”

“今晚不行，宝贝。”她母亲说，“但我会带你去见玛格丽特公主。”她站起身，穿过整张桌子，来到玛格丽特公主就座的那一头。她身体微微前倾，问公主可否把她女儿引见给她。”

“不，现在不行，我认为不合适，”公主说，“她应该待在床上，这只会令她过度兴奋。”

“您说得对，确实如此，”索尼说，“说实话，亲爱的，你应该去责问保姆怎么会让她逃出来。”

“我会亲自带她上楼。”布丽吉特冷冷地说。

“这才像话。”索尼说。他怒不可遏，毕竟是花重金请来的保姆，结果却让他在公主面前大失颜面。

“我很高兴地听说，明天你会为我们请来切尔滕纳姆区的主教。”公主说着，对男主人露齿一笑。与此同时，餐厅的门在他妻子和女儿的身后紧紧地关上。

“是的，”索尼说，“他在电话上听起来十分和蔼。”

“你的意思是说你跟他不熟？”公主问。

“还没有熟到我希望的那种程度。”索尼说。他非常担心引起王室的不满。

“他是个圣人，”公主温和地说，“我发自内心地认为他是个圣人。还是个出色的学者：我听说，说希腊语比说英语更令他快乐自在。是不是很神奇？”

“我担心自己的希腊语在那方面有些逊色。”索尼说。

“别担心，”公主说，“他是世界上最谦虚的人，他做梦也想不到要让你难堪。他只是对希腊语入了迷。你知道，他总在心里与古时候的传道士们谈天说地，所以他需要一点时间，才能注意到周围的状况。令人心驰神往吧？”

“不同寻常。”索尼喃喃自语。

“当然，现场不会有人唱赞美诗。”公主说。

“我们可以安排一些，如果您想要的话。”索尼提议说。

“那是圣餐仪式，傻瓜。要不然，过会儿我让你们所有人都来唱赞美诗，看看我最喜欢哪几首。人们好像始终很欢迎这种活动，这让大家在周六晚餐后有事可做。”

“我们今天晚上无论如何也来不及安排了。”索尼说。

“哦，那可不一定，”公主说，“我们可以带一小群人离开这里去藏书室。”她对着索尼灿烂一笑，心想自己提议这种更加亲昵的活动是在授予他荣誉。毫无疑问：只要她花点心思，就会是世界上最迷人的女人。

“和诺埃尔一起排练赞美诗实在太开心了。”她继续说，“他会造新词，能把人笑死。是的，在藏书室里的感觉应该会相当惬意。我真的非常讨厌大型派对。”

第九章

帕特里克使劲关上车门，抬头看了一眼天上的星星。星星透过云层，闪现微光，就好像深蓝色的夜的手臂上刚注射过的针眼。他想，这是一种能引发卑微感的体验，相比之下，自身的那些药物问题变得微不足道。

车道两边各点着一排烛火，标出从停车场到房子前圆形花坛之间的道路。竖立着灰色廊柱的建筑物正面，被充满戏剧性的泛光灯照射得没精打采，看上去好像潮湿的硬纸板，沾染着下午早些时候落下的冰雹的痕迹。

在被搬空的会客厅里，壁炉沉沉地载着一堆燃烧得噼啪作响的木头。香槟酒由一个满面红光的酒保往下倒，涌出杯口，又慢慢回落。一条用铁环撑起帆布制成的走廊，通往篷房。帕特里克沿着走廊，一直往前走。这时他听到几个人的说话声越来越响，其中还夹杂着笑声，好像一阵风吹起波浪，在整个房间里溅落得到处都是。这个房间，他认定，挤满了难以捉摸的白痴，正在等待一场风流韵事或一个恶作剧让他们从尴尬的无所事事中解脱出来。帕特里克走进篷房，看见乔治·沃特福德正坐在紧挨着入口右侧的一张椅子上。

“乔治！”

“亲爱的！多么美丽的惊喜啊！”乔治说着，皱起眉头，颤颤巍巍地站了起来，“我坐在这里，是因为最近周围一旦变得嘈杂，我就什么都听不见了。”

“我认为人们应该在**安静的**绝望中生活。”帕特里克大叫道。

“还不够安静。”乔治回叫道，脸上露出倦怠的微笑。

“哦，看，尼古拉斯·普拉特在那儿。”帕特里克说着，在乔治身边坐下。

“没错，”乔治说，“跟着他，人们除了享乐，还是享乐。我得说，我从来都无法理解你父亲对他抱有的那种热情。我想念你父亲，你知道的，帕特里克。他是一个非常聪明的人，但从来不快乐，我觉得。”

“最近我几乎不怎么想起他。”帕特里克说。

“你找到自己喜欢做的事情了吗？”乔治问。

“找到了，但没有一件可以当成事业。”帕特里克说。

“一个人确实必须努力有所贡献，”乔治说，“我能够怀着合理的满足感回头看一两项我协助上议院推动通过的法案。我还帮忙把里奇菲尔德留给了下一代人。这是一些人们在所有的乐趣和游戏都消失殆尽后还能聊以寄托的东西。没有人是一座孤岛——尽管已经公开的私人岛屿数量惊人。确实是数量惊人，而且不只在苏格兰。但一个人确实必须努力有所贡献。”

“当然，你说得对。”帕特里克叹口气。他被乔治的坦诚吓得不轻。这让他想起自己又一次惊慌失措——当时他父亲抓住他的手臂，显然不怀任何善意地对他说：“如果你有天赋，那就好好利用，否则你的整个人生都会很悲惨。”

“哦，看，那是汤姆·查尔斯，正在从服务生手上拿饮料。他在缅因有一座迷人的岛屿。汤姆！”乔治大声叫道，“不知道他有没有看到我们。他当过国际货币基金组织的负责人，把一份艰苦卓绝的工作做到了极致。”

“我在纽约见过他，”帕特里克说，“我父亲死后，我们去了一个俱乐部，你在那里介绍我和他相互认识。”

“哦，对，我们都很想知道当时你是怎么了，”乔治说，“扔下不知所措的我们，跟着那个我们都深恶痛绝的巴兰坦·摩根跑了。”

“当时我情绪崩溃了。”帕特里克说。

“我感觉不妙，估计又要听到一个关于巴兰坦的故事。他儿子今晚也在这里，就像人们说的，有其父必有其子。汤姆！”乔治又大叫起来。

汤姆·查尔斯环顾四周，不确定是否真的听到有人在喊他的名字。乔治又朝他挥了挥手。汤姆看见了他们，三个男人相互问候一番。帕特里克认出了汤姆血狼犬似的五官长相。他有一张早熟的脸，但那张脸永远都不会变化。甚至再过二十年，他看上去也依然年轻。

“我听说了你们的晚宴，”汤姆说，“无与伦比。”

“是的，”乔治说，“我认为这再次证明，王室的年轻成员应该振作起来，我们都应该在这艰难时代里为女王祈祷。”

帕特里克意识到他不是在开玩笑。

“你在哈罗德家的晚餐怎么样？”乔治问，“哈罗德·格林生于德国，”他继续向帕特里克解释，“他小时候想加入希特勒青年团——砸玻璃窗，穿上那种令人毛骨悚然的制服：这是所有男孩的梦想——但他父亲告诉他，他不能这么做，因为他是犹太人。哈罗德一辈子也没能克服这种失望，他是一个打着犹太复国主义幌子的反犹主义者。”

“哦，我觉得这是虚伪。”汤姆说。

“嗯，我也认为这是虚伪，”乔治说，“但如果一个人连虚伪也做不到，那么活到这把年纪，年迈到这种愚蠢的地步，还有什么意义呢？”

“晚宴上有很多人在谈论德国总理科尔的言论，他声称对爆发海湾战争感到‘万分震惊’。”

“我认为可怜的德国人感到震惊的，是他们居然没有亲自发动战争。”乔治插嘴说。

“哈罗德在晚宴上讲，”汤姆继续说，“他很惊讶联合国组织居然没改名叫 UNUC[1]，因为‘每次发生问题，他们根本该死的一点用也没有’。”

“我想知道的是，”乔治说着，抬起下巴，“如果我们生活在一个‘工业活动’即意味着罢工的国家，我们还有什么机会战胜日本人？恐怕是我活得太久了，我依然记得这个国家在全球还有点分量的那些年。我刚才还在跟帕特里克说，”他补充说道，礼貌地把他拉回谈话里，“一个人在一生中必须有所贡献。这个房间里有太多人整天只是到处闲逛，等着他们的亲人过世，这样他们就可以享受更奢侈的度假了。可悲的是，我儿媳妇也是其中之一。”

“一群掠食成性的家伙，”汤姆愤愤不平地说，“他们最好赶紧去度假。我觉得银行系统撑不了多久，除非建立在某种

1 联合国的缩写是 UN，在 UN 后面加 UC，看上去仍是个缩写，但若把它当作一个单词连起来读，就与 eunuch（阉人）同音，这是在讽刺联合国在重要问题上缺乏行动力。

宗教信仰的基础上。”

“货币永远建立在盲目信仰的基础上。”乔治说。

“但过去从来不像今天这样，”汤姆说，“从来没有那么多人欠那么少人的钱。”

“我太老了，再也不会在乎这种事情了，”乔治说，“你知道吗，我一直在想，如果我进了天堂——我觉得自己没理由进不了天堂——我希望我的老男管家金恩会在那里。”

“帮你拆行李？”帕特里克猜测说。

“哦，不是的，”乔治说，“我想这种事情他在这里已经做得够多了。再说，我怎么也不认为人们会带着行李去天堂，你说呢？那里肯定就像一个完美的周末，没有任何行李。”

索尼跟码头中央的岩石似的、一动不动地站在篷房的入口处，赋予每一位进门的宾客跟他打招呼的义务。

“这绝对是个很了不起的派对。”杰克·德·阿朗杜以一种自信的口吻说。他伸出双臂，好像拥抱整个篷房。与此同时，似乎为了回应这个手势，篷房另一头的大型爵士乐队开始敲打了起来。

“没错，我们尽力而为了。”索尼沾沾自喜地说。

“好像是亨利·詹姆斯曾经说过，”大使说，他心里其实非常确定，因为这是他秘书为他找来的金句，他在从巴黎出发前已经操练过好多次，“他说：‘在这个纷繁复杂的英国社会里，当下我们只能看见它的侧面，过往却呈现出一张完整的脸。’”

“对我引用那些法国作家的话没用，”索尼说，“我理解不了。但是，没错，英式生活是丰富且复杂的，虽然由于税收正在一寸寸地侵蚀着人们的房屋，已经没有过去那么丰富了。”

“啊，”德·阿朗杜先生同情地叹了口气，“但你今晚换上了一张‘充满勇气的脸’。”

“此刻我们正处在水深火热之中，”索尼承认说，“布丽吉特失去了理智，以为我们没有什么朋友，于是把三教九流都邀请上门。比如说，你看那边那个矮个儿印第安小子，他正在写乔纳森·克莱登的传记。我一开始都没正眼瞧过他，后来他提出要看克莱登写给我父亲的几封信，把我吓了一大跳。布丽吉特在午餐上邀请他来参加派对，我后来对她大发脾气。发脾气是我不好，但她这样做也确实有点过分了。”

“你好，亲爱的，”尼古拉斯对阿里·蒙塔古说，“你们的晚餐怎么样？”

“非常具有上流社会的乡村风情。”阿里说。

“哦，好吧。其实我们的晚宴也算得上是雅致极了，只是玛格丽特公主批判了我的‘无神论的观点’。”

“在那种场合下，就连我也可能转变信仰，”阿里说，“但那样也太虚伪了，我会被直接投入地狱的。”

“我能肯定的一点是：即使上帝不存在了，也没人会发现有什么不同。”尼古拉斯圆滑地说。

“对了，我刚才还想起你，”阿里说，“有几个看上去就好像骑马摔过好几次的老男人在谈话，我偷听到一些。其中一个说：‘我在考虑写一本书。’另一个回答说：‘真是个好主意。’‘据说每个人心中都有一本书。’那个未来的作家说。‘呃……也许我也会写一本。’他的朋友回答。‘那你就是偷了我的想法。’第一个确实非常生气地说。这时我不禁想到，不知道你的书进展如何。我猜肯定快要写完了吧？”

“如果你过着和我一样精彩刺激的生活，你就会发现要完成一本自传是非常困难的。”尼古拉斯挖苦道，“因为你会不断地发现有宝贵的新素材需要加入。比如说，亲爱的，你刚才对我讲的那些话就是一个很好的例子。”

“乱伦总包含某种合作的因素，”凯蒂·哈罗故意挑起话题，“我知道这应该是一种让人闻风丧胆的忌讳，但是它必然永远存在下去，有时候甚至出现在完美的家庭里。”她沾沾自喜地补充了一句，摸了摸高耸在她小巧的额头上的蓝灰色发绺，“我记得有一次，我的亲生父亲站在我的卧室门外，嘘着嗓子抱怨我说：‘你真是无可救药，对性没有一点想象力。’”

“天啊！”罗宾·帕克说。

“我父亲是个了不起的男人，非常有魅力，”凯蒂说着，扭了扭肩膀，“大家都喜欢他。所以，你看，我知道我在说什么。孩子散发出最为强烈的性意识；他们企图引诱父母。这些都是弗洛伊德的文章里提到的，但我是听来的，我自己没读过他的书。我记得我儿子总给我看他勃起的小鸡鸡。我不认为父母应该利用这些机会，但我十分清楚他们一直都是如何被挑逗起来的，尤其在拥挤的生活环境里，每个人都住在另一个人的头顶上。

“你儿子来了吗？”罗宾·帕克问。

“没有，他在澳大利亚，”凯蒂悲哀地回答，“我求他回来接管农场，但他迷上了澳大利亚的绵羊。我去看过他两次，但我实在无法忍受飞行。而且，等我到了那里，发现自己完全不喜欢那里的生活方式。站在烤肉散发出的一大团烟雾里，身边一个剪羊毛人的老婆能让你无聊到想死——她甚至不懂怎么剪羊毛。福格斯带我去海边，强迫我戴上呼吸管潜水。我只能说，大堡礁是我所见过的世界上最庸俗的东西，最糟糕的噩梦，充满了可怕的浓墨重彩，当海水朝着潜水面罩涌来，你会看见孔雀蓝和不可思议的橙色，一切都乱七八糟。”

“就在几天前，女王说伦敦的房价太高，如果没有白金汉宫，她不知道该怎么办才好。”玛格丽特公主对善解人意的彼得·波洛克解释说。

“你怎么样？”尼古拉斯问帕特里克。

“我想喝酒，想得要命。”帕特里克说。

“好吧，我非常能理解你的感受，”尼古拉斯打着哈欠说，“我从来没有对海洛因上瘾，但我必须戒烟，烟带给我的害处已经够大了。哦，看，玛格丽特公主在那里。人们得非常谨慎才不至于得罪她。我想你已经听说了晚宴上发生的事情。”

“那场外交事故。”

“是的。”

“非常令人震惊。”帕特里克郑重其事地说。

“我得说，我相当欣赏玛格丽特公主，”尼古拉斯说着，视线越过帕特里克，谦恭地望着她，“她用一场小小的事故，在最大程度上侮辱了大使。在这个国家患上阿尔茨海默氏症的这些年里，还得有人继续维持它的尊严，没有人做得比她更有说服力了。我提醒你，”尼古拉斯用一种更危言耸听的语气说，“这些话只有你知我知，因为我还得靠他们开车送我回伦敦。我认为自从维希政府掌权以来，法国一直表现得不够有英雄气概。你真应该看看阿朗杜悄悄跪下的样子。虽然我绝对喜欢他妻子，她是一个在虚伪高雅的外表之下真正心怀不轨的人，你能跟她玩得极其开心，但我始终觉得杰克有点蠢。”

“这些话你现在可以亲口告诉他了。”帕特里克说，他看见大使从身后走过来。

“我亲爱的杰克，”尼古拉斯说着，轻快地转过身来，“我认为你绝对是个聪明人！你用无可挑剔的方式对付了那个讨厌的女人：你通过屈服于她荒唐的要求，体现出她要求的荒唐。你认识我年轻的朋友帕特里克吗？他父亲是我的一位非常亲密的朋友。”

“瑞内·勃林格能让你感觉如置天堂，”玛格丽特公主叹了一口气说，“他真是一位了不起的大使，毫无疑问，我们都喜欢他。相比之下，那两个人的平庸无奇变得愈发难以容忍。”她补充道，同时对着阿朗杜夫妇挥了挥烟嘴，帕特里克正在跟他们道别。

“但愿我们没把你的年轻朋友赶跑，”杰奎琳说，“他看上去很紧张。”

“虽然我强烈主张人类的多样化，但我们不用把他考虑在内。”尼古拉斯说。

“你会有这种主张？”杰奎琳大笑起来。

“千真万确，亲爱的，”尼古拉斯回答，“我坚信人们应该尽可能地扩大人脉圈，从这片土地上的君主，到最谦虚的准男爵。当然，还要外加零星几个大明星，”他补充道，好像一个伟大的厨师给他的炖菜加入一种稀有而刺激的调料，“在他们变成，无可避免地变成，一个个黑洞之前。”

“但这也确实有点过头了。”杰奎琳说，她被尼古拉斯的表演逗乐了。

“一个人不只需要有个名字，最好还能有个头衔，”尼古拉斯继续说，“普鲁斯特，我肯定你已经注意到了，关于这个话题，他写过一些很优美的话。他说，即使是最时髦的普通人，也一定很快会被遗忘，相比之下，一个伟大头衔的拥有者却注定不朽，至少在他的后代的眼里。”

“然而，”杰奎琳有点没底气地说，“还是有一些没有头衔但非常有趣的人。”

“亲爱的，”尼古拉斯抓着她的上臂说，“如果没有他们，我们可怎么办？”

两个势利鬼无辜地笑着，暂时不去想他们需要表现出的包容和开放。这有损于尼古拉斯所谓的“现代生活”，即便他从不了解其他任何形式的生活。

“我认为王室成员的出席给宾客施加了压力，”杰克心里不舒服地说，“我想加入外交过程是为了挖掘这场派对的深度。”

“我亲爱的朋友，你就是这场派对的深度，”尼古拉斯说，“但我很同意你不应该继续将自己暴露在那个古怪女人的任性之下。”

“再见。”杰奎琳轻声说。

“待会儿见。”杰克说。阿朗杜夫妇转身离开，背负着他们魅力，走向房间的其他区域。

尼古拉斯还没有从阿朗杜夫妇的离开中回过神来，玛格丽特公主和凯蒂·哈罗就已经来到了他的身边。

“和敌人勾结在一起！”玛格丽特公主生气地说。

“夫人，他们来我这里寻求同情。”尼古拉斯愤然说道，

“但我告诉他们来错了地方。我告诉他，他是个粗糙的笨蛋。至于他古怪的老婆，我说我们整个晚上都已经受够了她的任性。”

“哦，你真这么说了？”公主一边问，一边优雅地微笑着。

“那还不错。”凯蒂插嘴说。

“如您所见，”尼古拉斯吹嘘说，“他们夹着尾巴灰溜溜地跑了。大使对我说：‘我最好保持低调。’我回答他：‘你本来就够不起眼的了。’”

“哦，很厉害啊，”公主说，“好好利用你的伶牙俐齿，我非常赞赏你这一点。”

“我想你会把这些都原原本本地写进书里，”凯蒂说，“我们都很害怕，夫人，不知道尼古拉斯会在他的书里如何议论我们。”

“书里有我吗？”公主问。

“夫人，我做梦也不敢把您写进书里，”尼古拉斯否认说，“我是个极其低调谨慎的人。”

“我允许你把我写进书里，只要你说我的好话。”公主说。

“我还记得你五岁时候的样子，”布丽吉特说，“非常可爱，但也相当冷漠。”

“我想不出为什么。”帕特里克说，“我记得当天你一到我家，就在房子前的露台上趴了下来。当时我正在树林后面看着你。”

“哦，天啊，”布丽吉特长长地尖叫了一声，“我已经忘记了。”

“我想不通你在干什么。”

“这一幕很令人震惊。”

“没什么能让我震惊。”帕特里克说。

“好吧，如果你真想知道原因，我就讲给你听。尼古拉斯曾经告诉过我一件关于你父母的事情：有一次你父亲让你母亲趴在地上吃从树上掉落下来的无花果，我当时正在很调皮地重演他告诉我的那一幕。他因此对我气得发疯。”

“想象我父母寻开心的样子感觉还不错。”帕特里克说。

“我想这件事关乎权力。”布丽吉特说，她很少随便聊起深层心理学。

“听起来像是那么一回事。”

“哦，天啊，我妈在那儿，看上去手足无措，”布丽吉特说，“你能不能扮个天使，发发善心，跟她聊上一会儿？”

“当然可以。”帕特里克说。

布丽吉特把弗吉尼亚留给帕特里克，庆幸自己如此干净利落地解决了她母亲带来的麻烦。

“晚宴怎么样？”帕特里克问，他尽量谨慎地开始他们之间的谈话，“我听说玛格丽特公主被泼了褐色的酱汁。那场面一定相当惊悚。”

“我没法儿知道是否惊悚，”弗吉尼亚说，“但我知道弄脏裙子会有多么难堪。”

“也就是说，你实际上并没有亲眼看见。”帕特里克说。

“没有，我在博辛顿-雷恩家吃的晚餐。”弗吉尼亚说。

“真的？我原本也应该去那里。晚餐怎么样？”

“我们在去的路上迷了路，”弗吉尼亚叹了口气，“全部的汽车都忙着去火车站接人了，所以我不得不坐出租车前往。我们停在一个农舍前，结果发现那里是车道的尽头，只好问路。我对博辛顿-雷恩先生说：‘我们不得不向您的一位住在蓝色窗户农舍里的邻居问路。’他对我说：‘那不是邻居，是租客，而且是个老租客，一个该死的讨厌鬼。’”

“邻居是指你会邀请来吃晚餐的人。”帕特里克说。

“那我就变成他的邻居了，”弗吉尼亚大笑，“可我住在肯特郡。我不知道为什么我女儿说他们还需要一些女宾。实际上，那里除了女宾，就没有别的了。博辛顿-雷恩太太刚才告诉我，她已经收到了四位没能赴宴的男士的道歉，他们都说自己的汽车在公路上抛锚了。所有这些节外生枝都令她心烦意乱，但我对她说：‘你得保持幽默感。’”

“我刚才告诉她我的汽车在公路上抛锚的时候，感觉她不怎么相信。”帕特里克说。

“哦，”弗吉尼亚说着，用一只手捂住嘴，“你肯定就是其中之一了。我忘了你刚才说过你原本也应该在那里吃晚餐的。”

“没关系，”帕特里克说，“我只是希望我们在对她编造同样的故事之前，能相互通个气就好了。”

弗吉尼亚笑了。“你得保持幽默感。”她重复道。

“怎么了，亲爱的？”欧若拉·唐尼问，“你看上去像是见鬼了。”

“哦，我不知道，”布丽吉特叹了口气，“我刚才看到辛迪·史密斯和索尼在一起——我之前说过我们不该请她，因为我们跟她不认识。当时我就觉得很奇怪，索尼太把她当回事儿了——现在，她来了，他们站在一起的样子有点眼熟，但也可能只是因为我太多心了。”

欧若拉面对着两个选择：一个是把令人痛苦的事实真相告诉她的朋友，但这样做不会给她带来任何好处；另一个是安慰她，让她放宽心。她毫不犹豫地选了第一个，为了“诚实”，以及眼看布丽吉特奢侈浮华的生活享受——欧若拉常常对自己说，她能比布丽吉特更好地掌控这种生活——毁于一旦所带来的乐趣。

“我不知道是否应该告诉你，”欧若拉说，“大概不应该。”她皱起眉头，瞥了一眼布丽吉特。

“什么？”布丽吉特央求她，“你必须告诉我。”

“不，”欧若拉说，“这只会让你难受。我真是太蠢了，不该提起的。”

“你现在**必须**告诉我了。”布丽吉特绝望地说。

“好吧，当然，你是最后一个知道的——人们总会遇到这种状况，其实人人皆知……”欧若拉暗示性地拉长了她一直很喜欢的“皆”这个字的尾音，“索尼和史密斯小姐很久以前就已经在一起了。”

“天啊，”布丽吉特说，“所以那个人就是她。我就知道有事情发生……”布丽吉特顿时感觉既疲惫又伤心，看上去像是要哭了。

“哦，亲爱的，别这样，”欧若拉说，“你要振作一点。”她安慰道。

但布丽吉特已经彻底崩溃了，她和欧若拉一起上楼去她的卧房，告诉她那天上午她在电话里偷听到的全部内容。她让欧若拉发誓保守秘密，而欧若拉在当天派对散场前也让另外好几个人发誓保守同样的秘密。布丽吉特的这位朋友建议她“不要善罢甘休”，因为她认为这样才能逼供出尽可能多的风流韵事。

“哦，你一定要来帮帮我们！”柴娜说，她正和安格斯·布洛利以及阿曼达·普拉特坐在一起。这不是一个帕特里克有哪怕半点兴趣加入的小团体。

“我们正在把那些父亲不是亲生父亲的人列出来。”她解释说。

“呃……只要能让我上名单，我愿意付出任何代价。”帕特里克咕哝着，“不过话说回来，这需要很长时间，一个晚上弄不出来。”

戴维·温德福把辛迪·史密斯带来这里，惹得女主人大发雷霆——他一心想摆脱可能由此带来的指责，便横冲直撞地向他认识的宾客们解释：这并不是他的主意，他只是执行命令。

他刚要对彼得·波洛克发表同一番措辞，突然意识到彼得——作为索尼最好的朋友——也许会视之为“胆小怕事”。他只好忍住话茬，换个话题，评论起他们上次碰面时经历的“那场糟糕的洗礼”。

“确实糟糕，”彼得确认说，“如果不让人把婴儿和雨伞之类的东西一起扔进去，那么教堂还要祭衣圣物储藏室干什么？不过，理所当然，那个教区牧师会想要教堂里的所有孩子。他就像个鼓吹‘爱与和平’的嬉皮士，喜欢享受群体滥交的服务。但英国国教本来就是为存在而存在的，体现的是一种社会团结的力量。如果教堂变成了传播福音的地方，我们也就不再想和它扯上任何关系了。”

“没错，没错。”戴维说，“我听说我把辛迪·史密斯带来这里让布丽吉特非常生气。”他满脑子都是这件事，忍不住补充了一句。

“绝对是气疯了，”彼得大笑起来，“她和索尼在藏书室里大吵了一架。有人告诉我说，那音量甚至盖过了乐队和宾客的嘈杂声，可想而知。可怜的索尼，他整晚都被锁在那里面，”彼得咧嘴一笑，对着一扇门抬了抬下巴，“先是偷偷摸摸地做些脸贴脸，甚至小腿碰小腿的事情，我能想象，和史密斯小姐在一起……接着是一场大吵大闹，而现在他正缠着罗宾·帕克，要他把那幅普桑的画鉴定为真迹，好让自己开心一点。至于你，关键在于你要坚持自己的说法——你太太不能来出席派对，你遇见了辛迪，便邀请她代替你太太出席。是你太傻了，没有事先调查清楚。不过带辛迪来这里是你自己的主意，和索尼没有任何关系。差不多就按照这个思路。”

“那是当然。”戴维说，而实际上他已经对一打的人讲了一个截然相反的故事。

“其实，布丽吉特根本没有识破他俩。你知道女人在这种情况下的反应：她们只相信自己愿意相信的。”

“呃……”戴维支支吾吾，他已经跟布丽吉特讲了自己只是执行命令。索尼从旁边的藏书室里走了出来，戴维看见他，脸部肌肉突然一紧。索尼知不知道他已经对布丽吉特坦白了？

“索尼！”戴维长声尖叫，尾音滑向了假声。

索尼无视他的存在，只是对着彼得低沉而有力地说：“那确实是一幅普桑的画！”

“哦，干得不错！”彼得说，就好像这幅画是索尼自己画的，“这个消息是能给你的最好的生日礼物，一幅真迹，而不只是属于某某‘画派’的一张——”

“就凭这些树木，”罗宾说，一只手滑进晚礼服的口袋，放了一会儿，“是不会弄错的。”

“能失陪一下吗？”索尼问罗宾，依旧无视戴维的存在，“我要和彼得单独说上几句。”索尼和彼得走进藏书室，关上了门。

“我是个彻头彻尾的笨蛋，”索尼说，“尤其在信任戴维·温德福这件事情上。他以后再也别想进我家的门。我的婚姻遇到了危机，需要我去解决。”

“别对自己太苛刻了。”彼得说了一句没用的话。

“是啊，你知道，我也是迫不得已，”但索尼立即采用了彼得的建议，“我的意思是，布丽吉特没能生个儿子，因此形势变得非常严峻。但到了眼前的关键时刻，我又不确定自己将来能否适应不再由那个老姑娘操持的生活。辛迪有一些很古怪的想法，我不确定具体是些什么，但我能感觉到。”

“问题在于，一切都变得如此错综复杂，”彼得说，“我们实际上并不知道应该在怎样的立场上和女人相处。我的意思是，我目前正在读一本十六世纪俄国婚姻指南，书里建议你在打老婆的时候，要仔细认真，这样才不会害她们变成永远的瞎子或聋子。如果你在当代发表这种言论，他们会把你吊起来绞死。但你知道，这种言论其实很多，只是显然已经换成了一种更温和的说法。比如当地挑夫有一句老格言：‘毫无理由地打她们，这样她们才不会给你打她们的理由。’”

索尼有点摸不着头脑。事后他对几个朋友说：“当时我们都在全力以赴地化解我与布丽吉特之间的婚姻危机，但我恐怕彼得根本没有出力，他只顾着瞎扯那些十六世纪俄国小册子里的内容。”

“就是那位可爱的梅尔福德·史蒂文斯法官，”凯蒂说，“他曾经对一个强奸犯说：‘我不会把你送进监狱，我会送你回到中部，这已经足够惩罚你了。’我知道人们不会有意说出那种话，但这相当了不起，不是吗？我的意思是，英格兰曾经到处都是那种美妙的怪人，而现在的每个人都如此无趣和谄媚。”

“我很厌恶这一点，”索尼说，百般挣扎地维持着一张友善的男主人的脸，“为什么这些乐队领队要逐个介绍乐手，就好像每个人都想知道他们的名字似的？我的意思是，我们都已经放弃介绍自己的客人了，这些家伙还有什么理由介绍他们自己呢？”

“你说得对极了，老兄，”亚历山大·波利特斯基说，“在俄国，大家族都有他们自己的乐队，所以不存在要不要介绍乐队成员的问题，就跟不存在要不要把厨工介绍给皇太子的问题一样。有一次我们去打猎，需要渡过一条冰冷的河流。随行的仆人们躺在水里，搭成一座桥。没人会认为，我们只有在知道了他们的名字之后，才能踩在他们的头上。”

“我觉得这有点过分了。”索尼说，“我是指踩在他们的头上。但你看，这就是为什么我们没发生革命。”

“你们没有发生革命，老兄，”亚历山大说，“是因为你们已经发生过两场：内战和光荣革命。”

“接下来是短号手，”乐队领队乔·马丁说，“‘奇力·威利’·沃森！”

没怎么留意听介绍的帕特里克被这个熟悉的名字吸引住了。这绝不会是他在纽约认识的那个“奇力·威利”，他肯定已经死了。然而，帕特里克还是转过头，看了看那个正站在乐队最前方、表演着一小段独奏的人。他身穿晚礼服，鼓着腮帮子，看上去和帕特里克在字母城结识的街头混混毫无相似之处。那个奇力是个牙齿残缺、面颊凹陷的拾荒者，徘徊在被社会遗忘的边缘，胡乱套着一条对他骨瘦如柴的身体而言过分肥大的裤子。而眼前这位爵士乐手充满活力与天赋，有着一副毋庸置疑的黑人长相；相比之下，纽约的奇力·威利，虽然看上去也明显是个黑人，但他凭借苍白的脸色和黄疸病，成功地把自己的皮肤变成了黄色。

帕特里克移到乐队旁边，凑近看了看。世界上大概有成千上万个奇力·威利，认为这个就是“他认识的那个”的念头很荒唐。独奏过后，奇力又在椅子上坐下，帕特里克站在他面前，好奇地皱着眉头，就好像小孩在动物园里，体会到语言交流是他无法跨越的障碍。

“嗨！”奇力·威利说，他的声音盖过了小号的独奏。

“精彩的独奏。”帕特里克说。

“谢谢。”

“你应该不是……我在纽约认识一个人也叫奇力·威利。”

“他住哪里？”

“八街。”

“呃——呃，”奇力说，“他是做什么的？”

“好吧，他是……卖……实际上，他睡大街……所以我觉得那个人不可能是你。不管怎么说，他年纪也要大一些。”

“我记得你！”奇力笑了起来，“你就是那个不肯脱外套的英国人，对吗？”

“没错！”帕特里克说，“是你！天啊，你看上去不错，我真没认出你来，演奏得也很棒。”

“谢谢。其实我一直是个搞音乐的，只是那段时间我……”奇力做了一个俯冲入水的手势，然后瞄了一眼他两边的乐队成员。

“你老婆怎么样了？”

“她服毒过量，死了。”奇力悲伤地说。

“哦，我很难过。”帕特里克说。他还记得那次，她小心翼翼地打开一团卫生纸，拿出一支海洛因注射器，收了他二十美元。“你能活下来真是奇迹。”他补充了一句。

“是啊，一切都是奇迹，伙计。”奇力说，“我们洗澡时没像肥皂一样融化掉，真是他妈的奇迹！”

“赫伯特家[1]总是对下层生活毫无抵抗力，”凯蒂·哈罗说，“看看莎士比亚就知道了。”

“他们跟他在一起，把自己家底都快掏空了，”尼古拉斯说，“社会过去由几百个相互认识的家族组成，而现在却只剩一个：吉尼斯家族。我不明白他们为什么不做一本把索引字母G放得超级大的地址簿。”

凯蒂咯咯笑着。

---

1 从下文看，应该是指17世纪前期的艺术资助人威廉·赫伯特（William Herbert）及其家族（莎士比亚戏剧作的第一对开本即题献给他）。

“哦，好吧，我看出来了，你是一个失败的企业家。”阿里对尼古拉斯说。

“博辛顿-雷恩家的晚餐无与伦比，”阿里·蒙塔古对劳拉和柴娜说，“那家男主人说：‘生女儿的最大好处是可以供你使唤。’听到这句话，我就知道我们有麻烦了。他那个傻大姐女儿回来后说：‘你们是吵不过我父亲的，他以前身体的各部位尺寸跟穆罕默德·阿里[1]一模一样，只不过他矮了一英尺半。’”

劳拉和柴娜大笑起来。阿里是个惟妙惟肖的模仿者。

“她母亲肯定吓坏了，”劳拉说，“因为夏洛特的一个朋友去了‘大都市’，和一群来自其他郡县的年轻人合租房子，而且第一个星期就爱上了一个被叫做‘邪恶约翰’的人。”

大家一阵哄笑。

“真正吓到博辛顿-雷恩先生的，”阿里说，“是夏洛特去上学了。”

“不可能吧。”劳拉说。

“他抱怨一个邻居的女儿，说‘她通过的普通教育考试多

1 穆罕默德·阿里（Muhammad Ali，1942—2016），美国拳王。

得几乎闻所未闻’。”

“那是几门，三门？”柴娜猜了一下。

“我想是五门，她接下来要去学高中艺术史。我问他能不能靠艺术赚到钱，我只是想刺激他一下。”

“他怎么说？”柴娜问。

阿里抬起下巴，把一只手伸进晚礼服口袋，大拇指搁在口袋边缘。

“‘钱？’他压低声音说，‘大部分人赚不到。但你知道，我们身边有些人忙着苦思冥想生活的意义，没空考虑钱之类的事情。也不是说我们自己对生活的意义一点也不纠结！’我说我认为生活的意义包括一大笔收入。‘还有资本。’他说。”

“他女儿已经无药可救，”劳拉咧嘴笑道，“她对我讲了个无聊透顶的故事，我都懒得听。讲到最后，她问我：‘你能想到任何比烤肠被偷走更糟糕的事情吗？’我说：‘能啊，很容易就能想到。’然后她用像极了鹅叫般的可怕嗓音说：‘好吧，显然我指的不是字面意思。’”

“不过，能让我们住在那里，说明他们为人还不错。”柴娜的话挑起了争议。

“我数了数，你知道我的房间里有多少个令人作呕的陶瓷摆设吗？”阿里问，脸上摆出一副傲慢的表情，用来加强他将说出的数字所带来的震惊。

“多少？”劳拉问。

“一百三十七个。”

“一百三十七个。”劳拉倒吸了一口气。

“而且据说，随便移动哪个，她都会知道。”阿里说。

“有一次她搜了所有人的行李箱，就因为有一件小摆设从卧房被拿到了浴室，也可能是从浴室被拿到了卧房，反正她以为它被偷了。”

“这让人很想试试偷一件出来。”劳拉说。

“你知道最神奇的是什么吗？”阿里问，急着要说出他的下一个发现，“那个穿着可怕的蓝色连衣裙、慈眉善目的老女人，是布丽吉特的母亲。”

“不会吧！”劳拉说，“她为什么没在这里吃晚餐？”

“因为觉得尴尬。”阿里说。

“太糟糕了！”柴娜说。

“我告诉你，我绝对看穿了她的心思，”阿里说，“这位母亲就是个相当势利的小资产阶级。”

“我看见黛比了。”约翰尼说。

“真的？看上去怎么样？”帕特里克问。

“光彩照人。”

“在大型派对上她总是光彩照人。”帕特里克说，“我这几天必须跟她聊聊。我一不小心就会忘记她已经变了个人，虽然还是那个身体、那张脸，肯定还拿着一支烟，但她已经不再是我曾经认识的那个人了。”

“晚餐后你感觉怎样？”约翰尼问。

“一开始我觉得自己肯定是疯了，但我还是很高兴跟你谈了谈我的事情。”

“那就好，”约翰尼说，他不知道该为他俩之前的谈话再补充点什么，但又不想假装成什么都没发生过，他有点尴尬，“哦，我在参加互助会的时候想到你了。”他假装兴致勃勃地说，“会上有个人说他昨晚迫不得已关掉了电视，因为他认为自己干扰了主持人讲话。”

“哦，我过去也常那样，”帕特里克说，“我父亲在纽约过世的那段日子里，我（如果“我”是个适合用在这里的代词）谈得最久的一次是跟电视机。”

“我记得你告诉过我。”约翰尼说。

两个人都沉默了，目不转睛地看着那一大群人在被糟蹋了的灰色天鹅绒下挣扎，举止狂躁，却又无法冲破限制，好像在显微镜下繁殖的细菌。

“将这里的上百个鬼魂，凝结成一种摇曳不定而又猥琐的身份认同感。”帕特里克说，“我的童年里随处可见这种人：看上去精明世故，实际上却是跟天鹅一样无知的昏昏老朽。”

约翰尼出其不意地说：“他们是相信阶级能解释一切的最后那批人。那种教条在被莫斯科抛弃了很长一段时间后，会在英格兰的大篷房底下继续繁荣。虽然他们大部分人拥有的是被咬掉半截的蠕虫的勇气，”他对话题来了劲，继续说道，“以及死掉的羊的智慧，但他们是那些思想的真正继承者。”

“你最好把这些话告诉他们，”帕特里克说，“不过我认为，他们大部分人更想继承的，是格洛斯特郡的一块土地。”

“每个人都为自己标了价格，”索尼尖酸地说，“你说呢，罗宾？”

“哦，没错，”罗宾说，“但他必须确保没把价格标得过低。”

“我肯定大部分人在这件事上都非常谨慎。”索尼说。他想知道，如果罗宾敲诈他会怎样。

“但是不只有金钱使人堕落，”杰奎琳·德·阿朗杜说，“我们有一个天底下最美妙绝蠢的司机名叫阿尔伯特。他是个非常贴心的绅士，过去常常讲一个他给金鱼做手术的故事，一个你想象得到的最感人的故事。有一天，杰克要外出打猎，但负责给猎枪上弹药的侍从生病了。他便说：‘看样子我只能带着阿尔伯特去了。’我说：‘你不能这么做，这会要了他的命。他热爱动物，没法儿忍受那种血腥的场面。’但杰克坚持要带上他，他是一个非常顽固的人，我也无能为力。刚开始几只鸟被射中的时候，可怜的阿尔伯特极其痛苦。”杰奎琳戏剧性地捂住了眼睛，“但接下来，他慢慢产生了兴趣，”她张开手指，眼睛穿过指缝往外看，“而如今，”她说着，双手猛地甩下来，“他订阅了《打猎时代》杂志，以及你想象得到的所有种类的枪械杂志。坐他的车变成了一件极其危险的事情，因为每当有鸽子出现——在伦敦几乎每隔两三米就会遇见一只鸽子——他就会说：‘阿朗杜先生能打中那一只。’我们的车穿过特拉法尔加广场的时候，他根本不看路，只是盯着天空，嘴里模仿着嘈杂的射击声。”

“你们不可能连伦敦的鸽子也吃吧！”索尼表示怀疑。

“你是帕特里克·梅尔罗斯？你不会就是戴维·梅尔罗斯的儿子吧？”巴尼·沃伦问。帕特里克对这个人的相貌毫无印象，但他的名字活跃在帕特里克的一段童年时光里，那时候他父母还没离婚，还有社交生活。

“是我。”

巴尼皱巴巴的脸，好像一颗会说话的葡萄干。他脸上掠过至少半打又惊又喜的神色：“我记得你小时候，每次我去维多利亚路喝酒，你都会跑过来对着我的睾丸踢上一脚。”

“我很抱歉，”帕特里克说，“不过，非常奇怪的是，尼古拉斯·普拉特今天早上也跟我抱怨了同样的事情。”

“哦，好吧，他的情况……”巴尼不怀好意地笑着说。

“我过去总能以恰好的速度，”帕特里克解释说，“在楼梯口一跃而起，奔过第一段楼梯，然后在抵达大厅的那一刻，成功地飞起漂亮的一脚。”

“你不必告诉我这些，”巴尼说，“你知道吗？有趣的是，”他用更严肃些的口吻继续说，“几乎在过去的每一天里，我都会想起你父亲。”

“我也是，”帕特里克说，“但我有个好借口。”

“我也有，”巴尼说，“我有一段时间精神状态极不稳定，那时候他帮助了我。”

“而我是因为他帮助我进入了一种极不稳定的精神状态。”帕特里克说。

“我知道很多人认为他很难相处，”巴尼承认说，“也许是因为那时候他和他的孩子们正处于最难熬的阶段——人们通常这样——而我却看到了他人格的另一个面。露西死后，有一段时间，我完全撑不下去了，全靠他照顾我，阻止我往死里喝酒，以他惊人的智慧，连续几个小时倾听我描述彻底的绝望，之后也从来没有利用我对他吐露的任何事情来对付我。”

“你说他从来没有利用你对他吐露的任何事情来对付你，能说出这种话来，你也够阴险了。”

“随便你怎么讲，”巴尼直截了当地说，“但确实很可能是你父亲救了我的命。”接着，他编了个含糊不清的借口，便突兀地转身走开了。

帕特里克独自站在派对的人潮里，突然开始感到焦虑。他不愿再和任何人讲话，便离开篷房，全神贯注地思考着巴尼对他父亲的评价。他急匆匆地走进已经人满为患的会客厅，被劳拉逮了个正着。劳拉正和柴娜，还有一个帕特里克不认识的男人站在一起。

“你好，亲爱的。”劳拉说。

“嗨。”帕特里克说，他不想被拦住。

“你见过巴兰坦·摩根吗？”柴娜问。

“你好。”帕特里克说。

“你好。”巴兰坦说着，和帕特里克紧紧地握了握手，紧得让人恼怒，“我刚才正说到，”他继续他的话题，“我三生有幸，继承了一套大概可以被称为世界上最伟大的枪支收藏。”

“好吧，我想，”帕特里克说，“我三生有幸，看过一本关于这套收藏的书，是你父亲给我看的。”

“哦，这么说你看过那本《摩根枪支收藏》？”巴兰坦问。

“这么说吧，虽然没有从头到尾地看过，但也足以感受到，拥有这样一套世界上最伟大的枪支收藏，同时还是一名神枪手，并能以如此优美的文体描绘整件事情，这得是个多么不同寻常的人。”

“我父亲还是一位很好的摄影师。”巴兰坦说。

“哦，是的，我就知道我还漏了点什么。”帕特里克说。

“他的确多才多艺。”巴兰坦说。

“他什么时候过世的？”帕特里克问。

“去年得了癌症后，”巴兰坦说，“像我父亲这样富有的人死于癌症，说明人们还没找到治疗方法。”他带着一种合情合理的自豪感补充道。

“你如此细致地保全了他的名声，非常值得赞扬。”帕特里克没精打采地说。

“为你父亲，为你母亲，增添荣耀，直到永远！”巴兰坦说。

“这绝对是我一贯的处世原则。”帕特里克表示同意。

柴娜感觉在巴兰坦愚昧的言谈举止的笼罩下，连他庞大的收入也黯然失色。她提议去跳舞。

“我很乐意。”巴兰坦回答，转而又对劳拉和帕特里克补充了一句，“失陪。”

“多么讨厌的一个人！”劳拉说。

“你应该见识一下他父亲。”帕特里克说。

“如果他能把那把银勺子从嘴里拿出来[1]——”

“他只会比现在更莫名其妙。”帕特里克说。

“不讲他了。你最近怎么样，亲爱的？”劳拉问，“很高兴见到你，这个派对真是让我心情烦躁。以前男人总跟我们讲他们怎样把黄油用在性事上，而现在他们讲的是如何把黄油从一日三餐中去掉。”

帕特里克笑了起来：“的确，你要在这里找到一个活人，必须先摆脱一大群行尸走肉。”他说，“我们的男主人身上散发着一股能够轻易感知的愚蠢气息，朝我们扑面而来，就好像打开桑拿浴室的门。反驳他的最好方法，是让他一直讲下去。”

“我们可以去楼上。”劳拉说。

---

1 “嘴里的银勺子”（silver spoon in the mouth），指与生俱来的家族财富。

“干什么？”帕特里克微笑着问。

“我们可以尽情地做爱。不带任何条件。”

“好吧，倒也可以。”帕特里克说。

“多谢。”劳拉说。

“不，不，我其实很渴望，”帕特里克说，“虽然我不禁会想这是个糟糕的主意。我们是不是要犯糊涂了？”

“我说了，不带任何条件，还记得吗？”劳拉说着，拉上他一起朝大厅走去。

楼梯口站着一名保安。“对不起，谁都不准上去。”他说。

“我们今晚住这里。”劳拉说，她音调里的某种难以揣测的傲慢令保安往旁边挪了一步。

帕特里克和劳拉找到一间阁楼，贴在阁楼墙上亲吻。

“猜猜我最近正在和谁偷情？”劳拉问，此刻她浑然忘我。

“我不敢想，你为什么要在这种时候问这种问题？”帕特里克咬着她的脖颈，喃喃低语。

“是个你认识的人。”

“我不想知道。”帕特里克叹了口气，他感觉自己的冲动正在慢慢消退。

“约翰尼。”

“好吧，你彻底毁了我的兴致。”帕特里克说。

“我以为你会想把我偷回来。”

“我更愿意继续跟约翰尼做朋友。我不想让局面变得更讽刺、更剑拔弩张。你从来不明白这一点，不是吗？”

“可你就爱讽刺和剑拔弩张。你在说什么呢？”

“你总觉得凡事别人都跟你想得一样。”

“啊，你要么滚，”劳拉说，“要么像劳伦斯·哈维在《亲爱的》里说的，‘收起你的企鹅版弗洛伊德！’[1]”

“看，我们现在最好分开，你觉得呢？”帕特里克说，“趁我们还没大吵一架之前。”

“天啊，你真是叫人痛苦。”劳拉说。

“我们分开下楼。”帕特里克说。打火机的火苗给房间笼罩上一层摇曳微弱的光芒。火苗熄灭了，但帕特里克还是找到了黄铜制成的门把手，小心翼翼地打开门，让一片呈扇形的灯光铺在落满灰尘的地板上。

“你先走。”他低声说着，掸去她裙子背部的灰尘。

“再见。”她短促地回了一句。

1　指企鹅出版社出版的弗洛伊德图书，整句的意思是别给我做心理分析。

第十章

帕特里克松了口气，关上门，点燃一支烟。刚才和巴尼谈过后，他一直没时间多作思考，但现在他又想起了巴尼那些叫人心烦意乱的评论，只好在小阁楼里多待一会儿。

甚至在去纽约取骨灰的路上，帕特里克也不敢完全相信他对父亲的厌恶就这么轻易地消解了。巴尼对于戴维的忠诚让帕特里克意识到，对他而言，真正的困难在于承认自己对父亲有着同样的感情。

他父亲身上有什么值得赞美的？他拒绝冒险录制的乐曲？如今听到这些乐曲，帕特里克有时依然会感到心碎。他过去常常用来折磨亲友的对内心世界的洞察，却被巴尼认为拯救了他的人生？戴维身上所有的优点和天赋都是双刃剑，但无论他多么卑鄙，他也从来不会被蒙蔽，而且在绝大部分时间里，他凭借某种坚忍淡泊，接受他的罪有应得。

赞美并不能促进他与父亲和解，甚至人们普遍认为的孩子对父母根深蒂固的爱，也不能让他们在比帕特里克悲惨得多的命运里存活下来。那些攀附在梅杜萨之筏[1]边缘快要淹死的人们，他们惨绿的脸一直如同鬼魂般游荡在他的想象中。他并非总是站在木筏上想象他们的模样，他们经常比他更接近木筏，令他嫉妒。多少人在咒骂中咽了气？多少人无声无息地沉入水底？多少人撑在快淹死的邻居的肩膀上，借此多活一小会儿？

为了某种更符合现实的目的，他翻箱倒柜地寻找一个和解的理由。帕特里克的大部分强项，或者他想象自己具备的强项，源自他与父亲的抗争。只有对受污染的源头感到超然，他才能对它们加以利用。

然而，父亲一点不剩地骗走他内心的安宁，他永远无法摆脱那种方式带给他的愤慨。他知道，无论花多大力气自我疗伤，他都好像一个曾经摔碎的花瓶，从有图案的表面看起来完整无缺，但苍白的内里显露出一道道黑色的裂纹。他只能幻想完整。

帕特里克对慷慨宽容的所有尝试突然间遭遇了他令人窒息

---

1 1816年7月5日，法国海军的巡防舰梅杜萨号在毛里塔尼亚附近海域沉没。起先至少有147人逃上一只木筏，但漂流期间由于缺少食物和饮水，幸存者开始相互残杀，甚至靠吃尸体来维持生命。木筏最后在7月13日获救，仅有15人幸存。这一事件后来变成国际丑闻，法国浪漫主义画家西奥多·席里柯（Thèodore Géricault 1791—1824）在1818年至1819年间以此为题材创作了一幅著名的油画，现收藏于法国卢浮宫。

的愤慨，另一方面，他的憎恨也突然间遭遇了那些令人困惑的时刻——转瞬即逝、永远残缺——那一刻他父亲似乎爱上了生活，开始享受充满自由或幽默或才华的任何表达所带来的乐趣。也许他会安于这样的想法：成为他父亲，一定比成为某个他父亲想要摧毁的人来得更糟糕。

将事情简单化是危险的，还会在不久之后遭到报复。只有当他能够在他的恨与发育不良的爱之间保持平衡，冷眼旁观他父亲，既没有怜悯，也没有恐惧，仅把他当成另一个没能特别好地把握自己性格的人；只有当他能够与他的矛盾心态共处——永远不原谅他父亲犯下的罪行，同时又允许自己感动于和罪行相互催生的不幸——他才能得到解脱，也许，才能进入新生活，一种真正的生活，而不只是苟延残喘。也许甚至能够开始欣赏自己。

帕特里克神经质地咕哝着。欣赏自己？他不准自己盲目地抱有乐观主义精神。他的眼睛已经适应了黑暗，能够辨认出围绕在他刚才来回踱步的方寸地板周围的大大小小的箱子。房子正面散发出的昏黄的泛灯光，透过一扇狭小的半开窗户照射进来，窗户外面是装着排水槽的屋檐。他靠在窗沿上，点燃另一支烟，吸了起来。他感到一种常见的痛楚：他需要逃往别处，而这次是想要去楼下，他不禁想象楼下吸尘器正在打扫地毯，酒席承办商的车里装得满满当当，虽然时候尚早，他和劳拉一起上楼时才一点三十分左右，但他待在阁楼里，他的灵魂在消极情绪里已经很久没有呼吸，对于从这种情绪中解脱出来，他心存渺茫希望。

帕特里克打开窗，想把烟头扔到潮湿的屋顶上。他猛地吸了最后一口，想到戴维对他俩的关系大概怀有和他同样的想法，便笑了起来。正是这种诡计，把他变成一个顽固的敌人，然而此刻，它也许能帮忙结束他俩之间的战争。是的，他父亲会为帕特里克的违抗鼓掌，并理解他为逃离自己为他设置的迷宫所做出的努力。一想到父亲原本期待他能够成功逃离，帕特里克快要落泪。

不只有苦涩和绝望，还有点辛酸，有一个他发现比他父亲的残忍更难以承认的事实，一件他对约翰尼说不出口的事：从他父亲不时穿插的短暂的痛苦压抑中可以看出，他曾经想要爱他；而他也曾经想要有能力去爱他父亲，尽管他从未能做到。

然而，为什么？既然他在努力，为什么还要继续惩罚他母亲？她什么都没做过，连没做到都不如。他让自己待在她够不到的地方，紧紧依附着青少年的虚张声势，假装她是一个和他毫无共同之处的人，只是偶然生下了他；他们的关系只是一个地理上的事件，就跟偶然成为某人的邻居一样。她拒绝和她丈夫同床，令他气得发疯。但帕特里克是最不该为此责怪她的人。也许被困在童年里的女人最好还是别和饱受折磨、有厌女症、搞同性恋、有恋童癖的人生孩子，但在这个月亮底下的人世间，没有什么是完美的——帕特里克心想，他虔诚地抬头看了看月亮。当然，在一个充满英伦风情的冬天里，月亮就跟别处的天空一样，隐藏在脏兮兮的云层之后。他母亲确实是个好人，但也几乎和其他所有人一样，发现自己的罗盘指针在亲密关系的磁场里狂转，失去了方向。

眼下他确实不得不下楼了。拘泥于守时的习惯，困扰于压制心脏的紧迫感，帕特里克依然无法戴手表。手表也许可以通过挑战他的歇斯底里和悲观主义来抚慰他。他周一肯定会弄块手表。如果他不能带着顿悟离开阁楼，一块手表的承诺或许至少能散发出一丝希望的光芒。德语里不是有一个单词专门用来表示“希望的光芒”吗？或许也有一个专门的德国单词表示“以遵守时间、希望的光芒以及幸灾乐祸而重获新生”。他要是知道那个词该有多好啊！

人会不会有延时顿悟，一种自己还没意识到却已经发生的顿悟？已为天使所宣告，却仍在暂时的盲目中继续前行，始终如此。帕特里克边想边在走廊上朝着错误的方向走去。

走过转角，他发现自己站在这幢房子里一个他从来没见过的地方。走廊上铺着一块破旧的棕色地毯，一直延伸向黑暗的尽头。

“到底怎么才能走出这该死的房子？”他咒骂道。

“你走错方向了。”

帕特里克朝右看，只见一个穿着白色睡衣的女孩坐在楼梯上。

“我不是故意说脏话的，”他说，“或者应该这么说，我是故意说脏话，但我不知道你在偷听。”

“没关系，”她说，“爸爸整天说脏话。”

“你是索尼和布丽吉特的女儿？”

“是的，我是贝琳达。”

“你睡不着？”帕特里克问，在她身边的台阶上坐了下来。她摇了摇头。“为什么睡不着？”

“因为那个派对。保姆说，如果我好好念祷词，就能睡着，但我还是睡不着。”

“你相信上帝吗？”帕特里克问。

“不知道，”贝琳达说，“但如果真有上帝，他干得并不好。”

帕特里克笑了。“你为什么没去参加派对？”他问。

"他们不准我去。我要在九点上床睡觉。"

"他们真小气呀，"帕特里克说，"你想让我把你偷偷带下去吗？"

"妈咪会看见我的。还有玛格丽特公主说我必须上床。"

"要是这样，我们就非得把你偷偷带下楼了。或者让我给你念个故事？"

"哦，那太好了，"贝琳达说，随即她把手指放在嘴唇上，"嘘，有人来了。"

就在这时，布丽吉特走过转角，看见帕特里克和贝琳达一起待在楼梯上。

"你在这儿做什么？"她问帕特里克。

"我只是在找回到派对的路，接着就撞见了贝琳达。"

"那你一开始来这里干吗？"

"你好，妈咪。"贝琳达打断她。

"你好，宝贝。"布丽吉特拉起她的手说。

"我和一个姑娘一起上来的。"帕特里克解释说。

"哦，上帝，你让我感觉自己很老了，"布丽吉特说，"看来这些保安也不过如此。"

"我刚要给贝琳达念一个故事。"

"甜心，"布丽吉特说，"我在几年前就应该这样做了。”她抱起贝琳达，“现在你可真重啊。”她低声咕哝，朝着帕特里克坚定地笑了笑，带着一种告辞的意味。

“好吧，晚安。”帕特里克说着，从楼梯上站起来。

“晚安。”贝琳达打着哈欠说。

“我有件事情要告诉你。”布丽吉特说，她带着贝琳达沿着走廊离去，“妈咪今晚要去外婆家住，我们想让你一起来，但是那里没有给保姆住的房间。”

“哦，太好了，我讨厌保姆。”

“我知道，亲爱的。”布丽吉特说。

“但是我们为什么要去外婆家住？”

她们拐过走廊的转角，帕特里克再也听不见她们的对话。

约翰尼 · 霍尔很好奇，自从劳拉告诉他，彼得 · 波洛克曾经毫无必要地为她的一次流产付了钱，他就一直想见见彼得。当劳拉为他们介绍彼此时，彼得迫不及待地让约翰尼发誓为这件“尴尬可怕的辛迪-索尼事件”保密。

“我当然会保密。我知道这件事情已经有好几年了。”约翰尼开口说。

“我却毫不知情，”戴维 · 温德福插话说，“甚至在索尼让我带她来这里的时候。”

“真好笑，”劳拉说，“我还以为每个人都知道了。”

“一些人也许会怀疑，但没人知道具体细节。”彼得得意地说。

“甚至连索尼和辛迪也不知道。”劳拉嘲笑道。

戴维意识到彼得知道内情。他信步走开，而劳拉跟在后面。

只剩下彼得和约翰尼单独在一起。彼得尝试修正他可能给人留下的轻浮印象，通过对一个他整个晚上都懒得说上半句话的人描述自己对“病榻上的父亲”的担忧。“您父母依然健在？”他问。

“而且生龙活虎，”约翰尼说，“哪怕我成为英格兰最年轻的首相，我母亲也有本事在人前做出一副轻度失望的表情，所以你可以想象对于我成为一个马马虎虎还算成功的记者，她会有怎样的想法。她让我想起一个故事：亨利·米勒[1]去拜访她奄奄一息的母亲，同去的还有他的一个飞行员朋友，名叫文森。这位老妇人看了看她儿子，又看了看文森，然后说：“我要是有一个像你这样的儿子该有多好，文森。”

“你听我说，你不会把我说的任何一句话泄露给报社的，

1 亨利·米勒（Henry Miller，1891—1980），美国作家。他是一位极具争议的文学大师，被20世纪60年代反主流文化誉为自由和性解放的先知。《北回归线》是他的代表作之一。

对吧？”彼得问。

“哈，《时代报》的社论版面还没有整个儿让给性爱丑闻吧。”约翰尼轻蔑地说。

“哦，《时代报》，”彼得喃喃自语，“好吧，虽然我知道这种想法已经彻底落伍，但我还是认为人们应该遵守孝道。这对我来说轻而易举，我母亲是个圣徒，而我父亲是你能指望见到的最体面的人。”

约翰尼含糊地笑了笑，劳拉当时真该问彼得要双倍的钱。

“彼得！”玛格丽特公主忧心忡忡地叫道。

“哦，夫人，我之前没看见您。”彼得说，简单地鞠了一躬。

“我认为你应该去大厅，你父亲恐怕不太舒服，正在被抬上救护车。”

“我的上帝，”彼得说，“抱歉，夫人，我立刻就去。”

公主刚才在大厅里宣布她会亲自通知彼得，并命令她的贴身女仆拦住其他热心人，不让他们去执行同样的任务。她的善心给她自己留下了深刻的印象。

“你是谁？”她问约翰尼，以一种尽可能仁慈的态度。

“约翰尼·霍尔。”约翰尼说着，伸出一只手。

只有共和党才会忘记称呼她为“夫人”，这种急功近利、令人无法接受的握手之邀，足以让公主确信约翰尼是个无足轻重的家伙。

“和那么多人同名同姓肯定很有趣，”她猜测道，“我想全国上下得有成百上千个约翰尼·霍尔。”

“这教会人们在别的地方找差别，而不只是根据出生的偶然性。”约翰尼漫不经心地说。

“那正是人们误解的一点，”公主说，抿着嘴唇，“出生并非偶然。”

约翰尼还没来得及回答，她已经拖着裙子离开了。

帕特里克沿着楼梯往一楼走去，耳畔的派对喧哗声越来越大。他下楼时路过的墙上挂着莱利[1]和劳伦斯[2]画的家族肖像，甚至还有两幅并排的画，作为一楼楼梯口的主画，出自雷诺兹[3]之手。格雷夫森德家族一代又一代人通过基因遗传下来的令人瞠目结舌的自恋——没有发疯、自卑或卓越作为常见的穿

---

1 指彼得·莱利爵士（Sir Peter Lely， 1618—1680），荷兰裔英国画家。曾任查理一世时期的绘画助理，后又为克伦威尔父子服务。1660 年查理二世复辟后，再度成为王室御用画家。

2 指托马斯·劳伦斯爵士（Sir Thomas Lawrence， 1769—1830），英国摄政时期最出名的肖像画家之一。

3 指乔舒亚·雷诺兹爵士（Sir Joshua Reynolds， 1723—1792）， 18 世纪英国著名画家，皇家学会及皇家文艺学会成员，皇家艺术学院创始人之一及第一任院长，以肖像画闻名，深受英王乔治三世的喜爱。

插——挑战了所有这些画家的技艺。尽管他们都是著名的艺术家，但仍然没能在眼前坐着的模特身上发掘出除了下垂的眼皮和愚蠢傲慢的表情之外其他任何具有吸引力的东西。

帕特里克想起了贝琳达。他漫不经心地走下楼梯，仿佛进入一种他在她这个年纪时所经历的压抑状态。先让一只脚站下台阶，跟着再把另一只脚也稳稳地放在同一级台阶上。他靠近大厅，感到一阵迫切的冲动，想让自己往前跌向大理石地板。但他克制住了，抓住了栏杆。他对这种陌生的冲动感到着迷，但一时又难以解释。

伊薇特曾经好几次跟他提起那天发生的事情，他从拉考斯特的楼梯上摔了下来，还弄伤了手。他的尖叫、破碎的玻璃杯以及伊薇特对玻璃会切断筋腱的担忧，被普遍认为确有其事，从而深深地嵌在他的童年画面里。此时此刻，帕特里克感到自己的记忆正在复苏：他想起自己曾经幻想画框飞过走廊，插入他父亲的胸口，砍掉尼古拉斯·普拉特的头。他能感受到那种跳下楼梯的充满绝望的冲动，源于他想掩盖自己犯下的错误——他把高脚杯捏得太紧，弄断了杯脚。他站在台阶上，想起了所有事情。

保安疑神疑鬼地看着他。在放帕特里克和劳拉上楼之后，他一直忧心忡忡。劳拉独自下来时声称帕特里克依然在他们的房间里，更加重了他的怀疑。加上此刻，帕特里克的举止又很古怪：下楼时拖着一条腿，蹬着地面。他肯定嗑了药，保安气愤地想。如果能按照自己的意愿办事，他会逮捕帕特里克，以及其他所有自以为可以凌驾于法律之上的有钱的贱货。

帕特里克注意到了保安脸上充满敌意的表情，他回过神来，虚弱地笑了笑，走下最后几级台阶。大厅对面，透过大门一侧敞开着的几扇窗户，他看见一道蓝光闪烁。

“警察来了？”帕特里克问。

“不，那不是警察。”保安失望地说，“是救护车。”

“出什么事了？”

“有位客人心脏病发作。”

“你知道是谁吗？”帕特里克问。

“不知道他的名字，不知道。一位白发绅士。”寒风从敞开的大门外吹进来，拂过整个大厅。外面正在下雪。帕特里克注意到汤姆·查尔斯正站在门口，便走到他身边。

“是乔治，”汤姆说，“我想他是中风了。他非常虚弱，但还能说话，希望他没事。”

“但愿如此。”帕特里克说。他从小就认识乔治，突然意识到如果他真的死了，自己会想念他的。乔治对他一直很好，他迫不及待地想去对他表达感激。“你知道他们要把他送去哪个医院吗？”

“今晚会在切尔滕纳姆医院，”汤姆回答，“索尼想把他转到一家专业诊所，但救护车是医院派来的。我想当务之急是让他活下来，而不是给他弄一个更昂贵的房间。”

“确实如此，”帕特里克说，“好吧，我希望金恩今晚不必为他拆行李。”他补充道。

“别忘了他要轻装旅行，”汤姆说，“天堂是一个不用带任何行李就能享受到完美的乡村式周末的地方。”

帕特里克笑了：“我们明天午餐前去探望他吧？”

“好主意，”汤姆说，“你住在哪里？”

“小索丁顿家庭酒店，”帕特里克说，“要我写下来吗？”

“不必，”汤姆说，“像那样的名字，我永远想忘也忘不掉。”

“我记得塔列朗曾经说过，”杰克·德·阿朗杜说道，在说出他最喜欢的格言之前微微噘起嘴，“他说，”他停顿了一下，“不做不说是一种强大的力量，但不应该被滥用。”

“好吧，今晚没有人会因为你不说不做而指责你。”布丽吉特说。

“尽管如此，”他继续说，“我还是应该跟公主说说这件事情，我不希望它变成人们眼中的‘阿朗杜丑闻’。”他低声轻笑道，“希望我们能把公牛弄出瓷器店[1]。”

“你爱怎样就怎样，”布丽吉特说，“反正我已经无所谓了。”

德·阿朗杜先生为自己的计划感到洋洋得意，没注意到女主人的漠不关心。他鞠了一躬，便转身走开了。

“女王不在的时候，我代为摄政，并出任枢密院[2]的主管。”玛格丽特公主正兴致勃勃地跟凯蒂·哈罗解释。

“夫人。”德·阿朗杜先生叫道，他已经绞尽脑汁地想出了一个完美的道歉方案。

“哦，原来你还在这里。”公主说。

“确实如您所见……”大使说。

“好吧，你现在不应该告辞了吗？你回去还要赶很长一段路。”

“我今晚住在这幢房子里。”他解释说。

“这样的话，既然明天我们还要不断碰面，就不要把整个今晚都浪费在喋喋不休的闲聊上了。”公主说着，背过身子对

1 这句话改自一句英国谚语：Like a bull in the china shop（好像瓷器店里的公牛），用来形容某些人性格鲁莽，举止马虎，在瓷器店里动不动就会碰碎瓷器，引起麻烦。

2 是英国君主的私人顾问机构，也是代表王权的最高行政机关。

着他。

“那个人是谁？”公主问凯蒂。

“阿里·蒙塔古，夫人。”凯蒂回答。

“哦，是的，我听到过这个名字。你可以将他引见给我。”玛格丽特公主说着，朝阿里的方向走去。

凯蒂把阿里·蒙塔古引见给玛格丽特公主，同时大使在一旁怔怔地站着，默不做声。他想知道自己此刻面对的究竟是另一场外交事故呢，还仅仅是上一场事故的余波。

“哦，”阿里·蒙塔古毫无顾忌地说，“我喜欢法国人。他们诡计多端、狡猾、两面派——我在那里不费吹灰之力就能很适应。再往下到意大利，那里的人也都是胆小鬼，我甚至能应付得更好。”

公主看着他，脸上露出调皮的神色。她认为阿里肯定是在逗她开心，便又有了好心情。

过了一会儿，亚历山大·波利特斯基在人群里找到阿里，恭喜他“很擅长跟玛格丽特公主打交道”。

“哦，那是因为我对王室有我该有的忠诚，”阿里气定神闲地说，“你别忘了，我和那个讨厌透顶的阿曼达·普拉特可就相处得不怎么样。你知道人们一旦开始“参加项目”、出席所有那些互助会之后，会变得多么可怕吗？当然那些东西也确实救了他们的性命。

亚历山大哼了一声，无精打采地望着不远不近的地方。“我也曾经跟他们一样。”他承认说。

“但你从来没有酗酒的问题。”阿里反驳说。

“我喜欢海洛因、可卡因、漂亮房子、优质家具和美丽姑娘。”亚历山大说，“这些我都拥有过，还不少。但你知道，它们从来没有带给我快乐。”

“啊呀，那你这个人岂不是很难取悦？”

“说实话，我第一次去的时候，还以为自己会显得很突兀，就好像庚斯博罗[1]的画里出现了一条牛仔裤。但我在那些互助会上发现的真爱和仁慈，比我在伦敦所有时髦的会客厅里见过的都要多。”

“好吧，那也说明不了什么。”阿里说，“换成比灵斯门鱼市[1]，你也会说出同样的话。”

“他们中的任何一个人，”亚历山大说，他挺了挺胸，闭上眼睛，“甚至包括生活在最底层的有文身的屠夫，只要他们

1 指托马斯·庚斯博罗（Thomas Gainsborough，1727—1788），18世纪英国著名的肖像画家和风景画家。

1 位于英国伦敦东区的波普勒，是英国内陆最大的鱼市。

需要，我都会在凌晨三点开车去因弗内斯[1]帮忙。”

“去因弗内斯？从哪里？”阿里问。

“伦敦。”

“我的天啊！”阿里大叫，“或许我也应该试着参加一场互助会，等下次我找个空闲的晚上。不过关键是，你会邀请有文身的屠夫来吃晚餐吗？”

“当然不会，”亚历山大说，“但只是因为他来了也不会开心。”

“安！”帕特里克叫道，“没想到会在这里见到你。”

“我知道，”安·艾森说着，热情地亲吻了他，“这不是我喜欢的场面。在这种人人都在谈论猎杀动物的英国乡村，我感到紧张。”

“我能肯定索尼的生活圈里完全不存在那种事情。”帕特里克说。

“你的意思是指这方圆几里之内根本没有任何活物。”安说，“我来这里是因为索尼的父亲是一个相对比较文明的人——他意识到房子里要有藏书室，还要有靴室和地窖。他算

1 苏格兰北部城市，与伦敦直线距离约700多公里。

得上是维克多的朋友，过去有时会邀请我们来这里度周末。那时候索尼还只是个孩子，但即使在那个时候，他也已经是个自大的讨厌鬼。天啊，”安在房间里检视了一圈，叹了口气说，“多么阴冷的一群人。你觉得他们会不会一直被放在演员选派部门的深层冷冻箱里，直到有重大场合才被解冻后放出来？”

“如果真是这样就好了，”帕特里克说，“不幸的是，我想他们是这个国家大部分土地的拥有者。”

“他们就跟一群蚂蚁差不多，”安说，“唯一的区别在于他们从来没有做过任何贡献。你应该还记得拉考斯特的那些蚂蚁吧，它们总在为你清理房子前的露台。说起做贡献，你这辈子打算做点什么？”

“呃……”帕特里克支支吾吾。

“上帝啊！”安说，“你犯下了最不可饶恕的错误。”

“什么？”

“浪费时间。”她回答。

“我知道，”帕特里克说，“当我意识到自己年纪太大，再也无法英年早逝的时候，我感到非常震惊。”

这个回答让安感到恼火，她改变了话题。“你今年打算去拉考斯特吗？”她问。

“我不知道。随着时间的推移，我越来越不喜欢那里。”

“我一直想跟你道歉，”安说，“但我知道你铁石心肠，不会原谅我。很多年以来，我始终为自己的不作为而感到愧疚。那天晚上，在你父母举办的一次糟糕透顶的晚宴上，你坐在楼梯上等待，我说我会把你母亲叫来，但我最终没能做到。我当时应该走回去反抗戴维，或者做点别的什么。我一直觉得自己让你失望了。”

“完全没有，”帕特里克说，“相反，我记住了你的善良。年轻时遇到善良的人，能够带来改变，可惜这样的机会很少。你可以想象，人们被习以为常的恐怖所掩埋，因此难得一见的善良会显得特别出众。”

“你原谅你父亲了吗？”安问。

“真不可思议，你今晚遇见我正是时候。如果在一个星期前，我肯定会撒谎，或者说些轻蔑的话。不过，恰巧就在刚才吃晚餐时，我细致地描述了不得不原谅我父亲的哪些行为。”

“所以呢？”

“是这样的，”帕特里克说，“刚才吃晚餐时，我一开始对原谅还相当反感。我坚持认为超然远比妥协更能带给我自由。然而，如果我能够想象一种纯粹出于人性而非源于“历史上最伟大的故事”的慈悲，我也许会将它施与我父亲，因为他是如此地不幸。我只是无法出于信仰而这么做。我受够了这一辈子都在不断经历的濒死体验，不止一次看见隧道尽头一个穿白袍的人影——也可能只有一次——结果发现他只是查令十字医院急症室的一位筋疲力尽的见习医生。这也许在某种程度上反映了一个念头：你必须死而后生。但是重生也不必由那么多假惺惺的和解组成吧！”

“如果是真正的和解呢？”安问。

“比起那些我唯恐避之不及的恶心的迷信思想，给我留下更深刻印象的是我父亲在生活中遭遇的深深的不幸。我翻阅过一本他母亲在一战期间写的日记，里面先写了好几页的闲言碎语，接着又用一大段记述他们如何在某幢乡村大宅里维持着生活标准，并用完美的黄瓜三明治抵抗了凯撒[1]，这些多么了不起！直到最后才简短地写了两句话：‘杰弗里又受伤了。’——关于她丈夫在战壕的情况；以及‘戴维得了佝偻病’。——关于她儿子在预科学校的情况。也许他在学校里遭受的不只是营养不良的折磨，还有恋童癖教官的侮辱，以及年龄稍长的男孩的暴打。这种相当传统的结合——母亲的冷漠和校方的变态——帮助他成长为一个了不起的男人。但要原谅他人，必须先使受害者相信，那些人曾经为改变这种由遗传学、

1 指威廉二世（Wilhelm II，1859—1941），德意志末代皇帝，1888 年至 1918 年在位，当时英国认为正是他挑起了第一次世界大战。

阶级或者抚养方式引发的悲惨经历付出过努力。”

“如果他为改变这种经历付出过努力，那就不需要被原谅。”安说，“这就是原谅的问题所在。无论如何，我不会说你不肯原谅他是错的，但你也不能继续与这种恨纠缠在一起了。”

“纠缠在一起毫无意义，”帕特里克表示同意，“但假装自由更没有意义。我感觉自己正面临一场巨大的转变，也许就和对其他事物产生兴趣一样简单。”

“哪种转变？”安问，“不再憎恨父亲？不再嗑药？不再势利？”

“还没到那种程度，”帕特里克倒吸一口气说，“我告诉你，今晚我经历了一阵短暂的幻觉：仿佛这个世界是真实存在的……”

“‘一阵幻觉：仿佛这个世界是真实存在的……’——你真应该当教皇。”

“真实存在的，”帕特里克继续说，“而不只是一系列药物反应引起的——潮湿的人行道上的橘色灯光，粘在挡风玻璃上的一片树叶，出租车的轮胎在被雨水打湿的路面上发出的摩擦声。”

“很有冬天的感觉。”安说。

“是的，现在正值二月，”帕特里克说，“无论如何，有那么一会儿，世界好像变得坚实了，不同于往常，充满了各种各样的事物。”

“你有进步，”安说，“你过去是属于‘世界是一场私人电影’学派的。”

“一旦事情变得令你沮丧，你就只能放弃。当吸毒带给我的快乐和痛苦变得同步，我就放弃了。我真应该注射一小瓶自己的泪水。至于一些天真的信仰，比如有钱人比穷人有意思得多，或者有身份的人比没身份的人有意思得多，如果人们不相信他们因为彼此关联而变得更有意思，那么这些信仰就不可能维持下去。我能体会那种特殊的妄想所带来的死亡的阵痛，尤其当我游荡在这间到处都值得媒体拍照报道的房间里，感觉我的心因为无聊而变得僵硬。”

“那是你自己的错。”

“至于我‘对父亲的憎恨’，”帕特里克没理会安的评论，继续说道，“我今晚想起他，并没有思考他对我造成的任何影响，仅仅把他当成一个疲惫不堪的老男人，亲手捣毁了他自己的一辈子。他穿着那件他夏天会穿的褪色蓝衬衫，在生命的最后几年里残喘着离开。我的脑海里有这样一个画面：他坐在那栋可怕房子的庭院里，正在做《时代报》上的填字游戏。

我感觉他越来越虚弱，越来越平庸，直到最后再也没有人在乎他。”

“这就是我可怕的老母亲给我的感觉，”安说，“在大萧条时期——对于我们中的一些人来说那段时期永远不会结束——她经常收养流浪猫，喂它们食物，照料它们的生活。房子里到处都是猫。那时候我只是个孩子，也就自然而然地爱它们，和它们一起玩耍。可是，后来到了秋天，我疯狂的老母亲开始喃喃自语：‘它们永远挨不过冬天，永远挨不过冬天。’它们挨不过冬天的原因只有一个：她往老黄铜洗衣机里扔了一块沾满乙醚的毛巾，然后把猫都堆在里面。等它们“睡着”后，她启动洗衣机，把这些可怜的倒霉蛋都淹死了。我家的整片花园就是个猫的坟场，你只要挖个洞或玩个游戏，就能发现猫骨头。它们挣扎着想要逃出洗衣机时，爪子弄出刺耳的摩擦声。我记得自己站在厨房餐桌旁——那时我只有餐桌那么高——我母亲把它们扔进洗衣机时，我说：‘别这样，求你别这样。’她却喃喃自语：‘它们永远挨不过冬天。’她的脸色像死人一样苍白，疯疯癫癫。我长大后明白了一件事：对她最严厉的惩罚就是让她成为那样的人，我无须再多做什么。”

“难怪你在英国乡村听到人们谈论猎杀动物时会感觉紧张。所谓身份认同，也许就是指为你自己的经历找到合理的解释，并诚实地面对它。要是维克托现在和我们在一起就好了！”

“哦，是的，可怜的维克托，”安说，“不过，他生前一直寻求以非心理学的方式实现身份认同。”她提醒帕特里克，脸上露出讽刺的微笑。

“我始终对此感到困惑，”他承认说，“就好像从英格兰到美洲非要走陆地。”

“如果你是个哲学家，就会有办法从英格兰走陆地到美洲。”安说。

“哦，对了，你有没有听说乔治·沃特福德刚才心脏病突发？”

“听说了，我很难过。我记得在你父母家见过他。”

“一个时代就此结束。”帕特里克说。

“一场派对也就此结束，”安说，“看，乐队要回家了。”

罗宾·帕克让索尼跟他去藏书室“私底下说上两句”。索尼认为之前在那个倒霉的房间里进行的艰苦谈判已经耗掉了他的整个生日派对，此刻他又怀疑（他忍不住在此稍作停顿，为自己敏锐的洞察力感到沾沾自喜），罗宾打算敲诈他更多的钱。

“好吧，你想说什么？”他沉着嗓子粗鲁地问道，又一次在藏书室里的书桌前坐下。

“那不是普桑的画，”罗宾说，“所以我实在不想把它鉴定为真迹。其他人，包括一些专家，也许会认为它是真的，但我知道它不是。”罗宾叹了口气说，“我想拿回我的鉴定书，当然我会奉还那笔……费用。”他说着，把两个厚厚的信封放在了桌子上。

“你在胡扯些什么？”索尼一脸困惑地问。

“我没有胡扯，”罗宾说，“这对普桑不公平，就是这样。”他怀着一份意料之外的慷慨激昂补充道。

“这和普桑有什么关系？”索尼怒吼道。

“没什么，我只是反对这么做。”

“我猜你是想要更多的钱。”

“你错了，”罗宾说，“我只是希望我的人生中不只有妥协。”他伸手讨要真品鉴定书。

索尼勃然大怒，从口袋里拿出一把钥匙，打开书桌最上面的抽屉，把鉴定书扔给罗宾。罗宾说了声谢谢，便离开了房间。

“讨厌的小男人！”索尼喃喃自语。今天他真是倒霉透了，失去了他的妻子、他的情人，还有他的普桑。振作点，老家伙，他暗自思忖，但他不得不承认自己确实在颤抖。

弗吉尼亚坐在会客厅门边一把摇摇欲坠的金色椅子上，焦急地等待她的女儿和外孙女下楼。她们要行驶很长的一段路才能回到肯特郡。肯特郡一直都是如此遥远，但她非常明白布丽吉特想要逃离这里的恶劣环境，她鼓励布丽吉特带上贝琳达一起出走。虽然她有点愧疚，但她无法对自己隐瞒这一点：她非常喜欢被别人需要的感觉。她想让布丽吉特再次亲近自己，即使代价是引发这样的一场危机。她已经拿上了外套和必需品；无所谓她的行李箱，布丽吉特说可以过几天再让人送来。她不想让别人注意到自己：拿着外套已经够可疑的了。

派对上的宾客渐渐散去。时机很重要，必须赶在只剩下没几个人以及索尼开始纠缠布丽吉特之前离开。布丽吉特从来都不是个意志坚定的人，永远像个小女孩似的容易受到惊吓，从来不肯把头浸在水里，还有一些其他类似的事情，一些只有妈妈才会知道的事情。如果索尼压低嗓子对她说话，布丽吉特可能会被吓住或者动摇决心，但她知道自己的女儿需要什么。在索尼和辛迪·史密斯的这段奸情发生后，她需要好好休息和好好思考。她已经问过布丽吉特是否想住回她原来的房间——正如罗迪生前喜欢评论的那样，人类的思考机制真是妙不可言——但这似乎只给布丽吉特带来困扰，她说："说实话，妈妈，我不知道，我们过会儿再考虑吧。"她思来想去，也许把那个房间给贝琳达住更合适。安排布丽吉特住进那个目前空着的、带有浴室的漂亮套房，她一个人住，应该很宽敞。

有时候，情感危机对于婚姻而言是件好事，当然不是指所有时候，否则那就算不上一场危机。罗迪身上就发生过一次，当时她什么也没说，但罗迪知道她知道，而她也知道罗迪知道她知道，这就足够将危机终结。他给她买了那个戒指，说这是他们的第二个订婚戒指。他是一个心肠柔软的老家伙，确实如此。哦，曾经有个男人向她发起攻势，她并不认识他，但显然他想和她搭讪。这是她最不需要的东西。

杰克·德·阿朗杜心烦意乱，不想回房间睡觉。虽然杰奎琳已经提醒过他喝得够多了，但他因为心情郁闷，忍不住又拿了一杯香槟。

散发魅力是他的特长，每个人都知道这一点，但自从"阿朗杜丑闻"发生后——他现在这么称呼它——他已经走入了一座外交迷宫，那里要求他散发出更多的、超出一个人合理范围的魅力和圆滑。他要再次展开行动，夺回玛格丽特公主对他的青睐。而弗吉尼亚，毕竟是派对女主人的母亲，在他的战斗中扮演着一个相对明确的角色。

“晚上好，亲爱的女士。”他深鞠一躬。

外国礼仪，弗吉尼亚心想，罗迪过去称之为“亲吻手背出卖亲妈的类型”。

“我猜您就是我们美丽迷人的女主人的母亲，我说得对吗？”

“没错。”弗吉尼亚说。

“我是杰克·德·阿朗杜。”

“哦，您好。”弗吉尼亚说。

“我能为您拿一杯香槟吗？”大使问。

“不了，谢谢，我不想超过两杯。况且，我正在减肥。”

“减肥？”德·阿朗杜先生问，他找到一个可以用来证明他的外交手段尚未失灵的机会。“减肥？”他用不可思议的语气又重复了一遍，“但是为——什——么——呢？”他拉长声调，以强调他的惊讶。

“我想是出于和其他所有人一样的理由。”弗吉尼亚干巴巴地说。

德·阿朗杜先生在她身边坐下，感激自己的双腿不用继续负重。杰奎琳说得对，他已经喝了太多的香槟，但战斗必须继续进行！

“每当有位女士告诉我她正在减肥，”他又开始献殷勤，虽然口齿不清，但幸亏多年来发表的始终是同一番演说（曾经在驻巴黎的德国大使夫人面前大获成功），流畅度依然不减，“我总会像这样紧握着她的乳房，”他举起双手，做成杯状，威胁似的逼近弗吉尼亚警觉的胸部，“然后告诉她：‘但我觉得您现在的体重刚好！’如果我也对您这么做，”他继续说，“您不会感到震惊的，对吗？”

“震惊，”弗吉尼亚倒吸一口气说，“不是我想用的词，我会——”

“您看，”德·阿朗杜先生打断了她，“这是世界上最自然的事情！”

“哦，谢天谢地，”弗吉尼亚说，“我女儿来了。”

“走吧，妈妈，”布丽吉特说，“贝琳达已经上车了。我不想撞见索尼。”

“我知道，亲爱的，我就来。”接着，她冷冰冰地对大使说，“我很难说这是一场愉快的交谈。”说完便跟在她女儿身后，快步离开了。

德·阿朗杜先生反应迟缓，没能跟上那个匆忙离去的女人。他站着喃喃自语：“我无法充分表达……我最深的情感……一次最高雅别致的相会。”

布丽吉特走得比她的宾客快很多，他们来不及向她致意，也没办法将她半路拦住。有些人以为她正跟着乔治·沃特福德赶往医院，谁都看得出来，她有急事要处理。

她坐进汽车——这是卡罗琳·波洛克说服她买的一辆四驱斯巴鲁——看见贝琳达系着安全带，在后排座位上睡着了，而她母亲则坐在她旁边，脸上露出温暖人心的笑容。布丽吉特感到一阵欣慰和懊悔。

“有时候我对你很坏，”她突然对她母亲说，“很势利。”

“哦，没有，亲爱的，我理解你。”她母亲说，心里很感动却也实事求是。

“我不知道自己怎么会让你去和那些可怕的人共进晚餐。一切都颠倒了。我一直焦急地去适应索尼愚蠢而又浮夸的生活，把其他一切都排挤掉。但无论如何，我很高兴我们三个人能在一起了。”

弗吉尼亚回头看了看贝琳达，确认她已经睡着了。

“明天我们可以好好聊一聊，”她捏了捏布丽吉特的一只手说，“但我们现在应该出发了，我们还有很长一段路要赶。”

“你说得对。”布丽吉特突然很想哭，她只好把注意力都转到发动汽车上。正在离场的宾客挡住了前方的车道，她把车驶入了他们的队伍。

帕特里克走出身后的房子时，天空中依然下着温柔的细雪，嘴里呼出的白色热气缠绕在他竖起的外套衣领上。雪地上脚印纵横交错，黑棕色沙砾在白得发亮的雪块之间闪烁着潮湿的光芒。帕特里克的耳朵里仍残留着派对的喧闹声，眼睛由于烟熏和疲惫布满了血丝，在寒冷的空气里泛出泪水。他已经来到汽车边，但又想再走一会儿，便穿过旁边的一道门，一脚踏进一片尚未有人涉足的雪地。雪地的尽头躺着一片白蜡色的人工湖，湖的对岸消失在浓雾里。

他脚底嘎吱嘎吱地走过田野，单薄的鞋子被沾湿了，双脚立即感到了寒冷。但在不容分说、晦涩难懂的梦的逻辑的影响下，湖把他引到了岸边。

岸边长满了芦苇，一直延伸到几码远的湖面上。他站在芦苇面前，瑟瑟发抖，犹豫着要不要抽掉他最后的一支烟。他听见湖对岸传来拍打翅膀的声音，一对天鹅从雾中飞来。浓缩的洁白，被赋予清晰的姿态。翅膀发出的声响被落雪掩盖，好像戴着白手套在鼓掌。

凶猛的生物，帕特里克心想。

天鹅毫不在意他的看法，飞过在雪的覆盖下焕然一新而又悄无声息的田野，盘旋着回到湖岸，伸出脚蹼，自信地落入水里。

帕特里克穿着湿透的鞋子，站着吸完他的最后一支烟。他疲惫不堪，空气中一片死寂，但他感觉到了自己的灵魂，正是他内心的一部分，不为讲话的欲望所主宰，突然涌起、翻滚，像风筝一样渴望被释放。他没有多做考虑，捡起脚边的枯枝，把它旋转着能扔多远就扔多远，扔进好像呆滞的灰色眸子的湖里。一个轻轻的涟漪惊扰了芦苇。

在结束了一段无用的旅程后，天鹅庄严地滑翔着回到雾里。头顶上方，一群海鸥开始盘旋，越来越近，越来越喧闹。它们粗厉的叫声激起了更狂野的湖水和更宽阔的湖岸。

帕特里克将烟蒂弹进雪地里。他不太确定发生了什么，只是怀着一种陌生的欢欣鼓舞的心情，埋头朝他的车走去。

Edward St Aubyn
SOME HOPE

图字:09－2018－1302 号

图书在版编目(CIP)数据

希望/(英)爱德华·圣奥宾(Edward St Aubyn)著;吴洁静译.—上海:上海译文出版社,2020.7
书名原文:Some Hope
ISBN 978－7－5327－8382－3

Ⅰ.①希… Ⅱ.①爱…②吴… Ⅲ.①长篇小说—英国—现代 Ⅳ.①I561.45

中国版本图书馆 CIP 数据核字(2020)第 103040 号

希望
[英]爱德华·圣奥宾 著 吴洁静 译
责任编辑/顾真 装帧设计/山川制本

上海译文出版社有限公司出版、发行
网址:www.yiwen.com.cn
200001 上海福建中路 193 号
杭州宏雅印刷有限公司印刷

开本 787×1092 1/32 印张 6.75 插页 5 字数 81,000
2020 年 8 月第 1 版 2020 年 8 月第 1 次印刷
印数:0,001—6,000 册

ISBN 978－7－5327－8382－3/I·5140
定价:56.00 元